ちくま文庫

空想亭の苦労咄

「自伝」のようなもの

安野光雅

筑摩書房

目次

空想亭の苦労咄――「自伝」のようなもの

挿画＝著者

湯屋番

あのうー、この頃東京にはお風呂やさんがだんだん少なくなりましたが、むかしは沢山ございました。

「どこそこの風呂屋は、女風呂との境目が壊れてるてぇけど本当かねえ」

「そりゃあ良くないいな、遠くか？」

「そうだな、歩いて二時間ばかり…かな」

「あ、そう、こんど行って調べてみよう」なんてね……。

えー風呂屋のことを、湯屋とも銭湯ともいいましたがね、そこへ行きますと、まず暖簾をくぐりまして、下駄箱に履き物を入れまして、湯銭を払います。その入り口の一段高いところが番台で、そこに座って湯銭を受け取る人を湯屋番と言いましたな。

女風呂と男風呂は暖簾のところから別れておりまして、脱衣場では籠とか、鍵のかかる小さな戸棚なんぞへ脱いだものを入れまして、それから洗い場へ入っていくんですが、風呂屋てぇものは昔から庶民が裸ンなって世間話などをする、気のおけないところでございました。

念のために書きますがこの「気のおけない」てぇのは「他人行儀に考えないで、安心してつきあえる」というほどの意味です。だから、下宿暮らしをしていた頃は、きれいな日本手拭いを持って銭湯へいきましたナ……これには二本の紐がついてますが、ふんどしと見られないほうがいい意味もありますので、紐は人に見えないようにして持ちます。洗い場へは体につけていた方の日本手拭いを持って入ります。出てきたら、持参したきれいな日本手拭いをふんどしにして帰ったものでございました。タオルなんてえものは手に入らない時代でしたからな……。

えー、あたしんとこなんぞも昔は風呂が無くって銭湯へ通いました。そのころ庶民の家には風呂が無いのが普通でしたからな。かみさんや子どもをひきつれて、いっしょにまいります、風呂から上がって帰るときもいっしょのほうが良かろうてんで息子に、「母ちゃんが上がってるかどうか見ておいで」「うん」とかいって駆け出しますな、脱衣場のところはドアでつながってますから行くのは簡単なんですが、ドアをちゃんと閉めないいんで、「おいおいだめじゃあないか」なんてつぶやきながら閉めに行った

りしましてね。あたしたちの行った銭湯は家から七分くらいのところでしたが、冬でも湯冷めをしませんでしたから、やはり銭湯の湯てぇものはどこかちがいましたな。えーと、その子の歳から考えて、銭湯に通ったのはさあ、四十年ばかり昔のことンなりますかねぇ。

ところで、そのう湯屋番さんが、夢見がちな人だったらどういうことになるか、知らない方はないてぇくらいおもしろい落語がありますが、その話は後にしまして……。夢見がちといえば、子どもにはかないません。自分だってもとは子どもだったのに、その頃のことはすっかり忘れましてね、だんだんふつうの大人になります。そして、嘘と本当、空想と現実との境が次第にはっきりしてまいります。

あまりはっきりすると、空想の力がなくなるんじゃあないかと思いやすいんですが、事実は逆ですな、現実に足がついていればいるほど、空想の世界も広がって行けるわけでして、その境がしっかりしているのが大人です。

テレビコマーシャルなんか見て、その気になって、コマーシャルの言うところをすっかり信じて、自分でものを考えようとしない、疑うことをしない、自分で嘘と本当の境がわからなくなって、誰がどうしたとは言いませんが、あとで後悔するてぇ人が後をたちませんな……。

そういうあたしゃァ子どもの時分から空想が趣味でしたな、ありもしないことを考えて一人で遊びます。大人が宝くじを買ったとします。さあそうすると誰でも空想の虫が働きはじめます。そもそも宝くじてぇものは、空想を買ったようなもんですからな、ところが同じ空想でも陰と陽とがありまして、陰の方は「当たりゃあしねぇよ、こんなもん、だいいち俺は子どもんときからくじ運が悪い、よしゃあよかったな、ものの弾みでつい買っちゃって、えれぇ損した」なんかいって買ったとたんにぼやきはじめます。

陽の方はちがいます、落語ン中で富くじを買う人なんかほとんどそうで「当たったらどうしよう、こんどこそ世帯を持たなきゃあな、エーと相手は誰がいいかな。うん小間物屋のみー坊がいいな、あの娘はそんなに器量よしてぇわけじゃあないが、気だてがいい、あの子と世帯をもって、あーらお帰りなさい、かなんか言われて……」と、まあそれからそれへと空想がひろがって、限りてぇものがありません。そのくらい空想がふくらむんなら、もう宝くじなんか外れたって損じゃぁありませんですナ。

で、陰の人と陽の人とでは、当たりぐあいがちがうかというと、そんなことは関係ありません。当たる人にはあたります。その確率は、俗に銅貨を投げて二十回続けて表がでるくらいの確率だという人がありました。その確率とは、ほとんど不可能と言っていいほどですが、実際にはそれでも当たる人がこの世にいるんですからふしぎです。落語はそもそもこの、陽の世界でできてまして、ありもしないことを思い描いて笑ってるわけです。

空想も、起きてて見る夢みたいなもんで、第一金がかからない、ただで映画や芝居を見てるようなところがございます。

志ん生に『二階ぞめき』という話がありますが……、若旦那が廓へ日参して困る、意見するてぇと「登楼してどうこうてぇんじゃない、あそこの雰囲気が好きなんだ、そんなに言うんならうちの二階に廓の店を数軒作ってくれりゃァそれでいい。うん、女の子なんざいなくっていいよ、建物だけありゃあいいン……あたしゃァ、その二階で遊んでるから」というので、少し元はかかりますが二、三軒の廓の舞台見たいなものを作ってもらいまして、そこへ上がって、一人でひやかして遊んでます。空想がこうじて、遊女をとりあう喧嘩まではじめるんですから、この空想には少しあきれるほどですがね……。

えー、筑摩書房が出した『古典落語』の中に、柳家小さんの演じた『湯屋番』が載っております。

なんでも、遊んでばかりいたため、とうとう勘当された大店(おおだな)の御曹司がありましてな。ところが一方でそのう、むかしご恩になった方の御子息なんだから、やがてお怒りのしずまるまで、面倒を見なきゃあしょうがない、という義理堅い出入りの職人なんかがありまして、若旦那はそこの二階の居候になります。

円生によると「わたしの若い時分にゃあ、そういう居候がごろごろしてましたな」というんですから、今で言う「ひきこもり」みたいなもんがあったんでしょうかね。で、二階を貸してはいますが、かみさんの方はいい顔をしません。

「居候三杯目にはそっと出し」なんてぇましてね、居候も気いつかいます。柳家小さんの演じる居候は、そこのおかみさんが、ご飯をちゃんとよそってくれないので、腹が減るもんだから、裏の常磐津(ときわず)の師匠のところへ行ってねぇ、ちょうど洗濯してた師匠の後ろへまわって、げぇッ…げぇッ…てやります。「あらどうしたの伊之さん」てえから「実は魚の小骨が咽喉(のど)へ引(し)ッかかって取れないで困っています。象牙の撥(ばち)でなぜるてぇとすぐ取れるなんてえことを聞いてますが、お師匠さんすみませんがまじないにつかうんだが、象牙の撥を貸して下さい」

「あら、そんなことをしなくッたって、お飯(まんま)のかたまりを鵜呑みにしてごらんなさいよ。すぐとれますよ」なんてえから「じゃァすみません、お飯のかたまりを戴きたい」「お勝手にあるからおあがんなさい」というところまで話を持って行って、そこで腹いっぱい呑みこんじゃうっていう、なんとも情けないことンなります……。

外国でも、同じことをやるんですナ、あたしゃやはり魚の小骨が咽喉へかかりまして、苺を一粒かまずに飲み込んでみたんですが、何個のんでもなかなかうまくとれない。弱ったなと思ってたら、そこのおかみさんが「パンをまるめて飲み込め」と言うんで、ためしましたが、やはり取れない。四日めになってやっと、取れました。そんなにひどい目にあったのははじめてでしたが、四日もすれば何とかなるもんですな。

「そうですか、家の嬶ァがそんな真似をしてましたか。ちっとも知りませんでした、ようがす、あっしゃァね、お宅じゃあずいぶんお世話ンなってんですから、え、、家の嬶をたたき出してもあなたのお世話をしますからそのおつもりで……」

なんか、威勢のいいことをいうだけあって、亭主は奉公先をみつけます、

「おいでンなりますか? エェ日本橋の槙町ですがね。あたしの友達でね、奴湯って銭湯をやってまして、奉公人ひとりほしいッてましたがね、エェおいでンなりますか?」

「へ、へ、……行くよ行くよ」

てなことになって、奴湯の鉄五郎という人にあてて紹介状を書いてもらい「ずいぶん世話ンなったね」と、若旦那らしく挨拶して、でかけていきます。そのあたりの話をかいつまんでいいますと、

「手紙を持って来たんでねェ、ちょいと読んでもらい……」

「……あゝお前さんか、大熊の二階に居るてえなあ、道楽が過ぎて勘当されたてェなあ。……名代の道楽ものだってえが……」

「名代なんてことァないんですよ。ただあたしゃァこの…女の子に取り巻かれて、一杯やりながら『あァらお兄さん、イヤァよォ』なんつッて、膝をきゅッとつねられるのがあたしは好き」

「なんだい？　たいへんな人が来たなァ。……はじめのうちは外回りでもやってもらおうか」

外回りてぇのは、普請場へ行って鉋屑や木くずをもらってくる。それとも煙突掃除はどうだ、などといわれるけれども、どれも気に入らないんで、

「じゃァどうです？　あのォ流し…流しやりましょうか、女湯専門の……」

その「流し」てぇ仕事も今は無いでしょうが、あたしの若い時分にはありましたな、「三助」なんて別名もありました。流しを頼むときは別に木札かなんか買っておきま

して、洗い場にいるその三助さんに渡します。そりゃァてきぱきと背中を洗って、さーっと流して、ポンポンと肩をたたいてくれましてね。頭には鉢巻き、半裸に六尺ふんどし、それに晒しを巻いた威勢のいい姿でね、黙々と仕事をかたづけます。お世辞なんか言わないんで、若旦那の思うようなもんじゃありません。女湯専門てえことはなく男湯も同じ人がやってましたな……。

で、流しはきちんとした人でなくちゃあできないんです。

「……そうですか、じゃあその番台どうです? 番台、見えるでしょ? そこで……」

「なんだよ、しょうがねえなァこの男は……あ、じゃァこうしましょう、いま、あたしが昼飯をたべてくるからねェ、その間ここィ座っててておくれ」

若旦那は番台へあがります。でも、そのう昼間のせいか、女湯にはひとりもいなくって、男湯には七、八人の客が入っています。それでも夢見がちですから、しだいに、ぽーっとなってきます。

「ねェ、夕方になると女湯もこんでくるなァ……来る女の子ンなかで、あたしを見初める女が出てくんなァ。(いろんな人を仮定して、空想を広げます)一流の姐さんになるてぇと湯ィ来るんだってひとりじゃァ来ないだろうなァ。女中のひとりも連れて、からこんからこんからこん、からこんがらがらがらがら…『へいッいらっしゃいまし、ありがとうございます、新参の番頭でどうぞよろしく』なんてえと、番台をちらッと横目で……なんにも言わないで隅ィ行っちまうねェ…『清、ごらん、今度きた番頭さんだよ。ちょいと乙な番頭さんだねェ』なんてね。なにかいいきっかけはないかなァ。そうだ、その家の前を知らずに通るなんてえのがいいな。女中さんが格子なんか拭いてるとこだよ……『あらお湯屋の兄さんじゃありませんか』『おゥお宅はこちらでしたか』奥ィ声をかけるてぇと、ふだんから思いこがれてる男だからたまらないねェ。このォ、奥の方から泳ぐようにして出てくるねェ……『まあ、よく来てくださいました、さァどうぞおあがり遊ばして』」

と、だんだん空想がエスカレートしてくるんですな、

「『あーら、おにいさん今日はどちらまで?』『ええ、あのう墓参の帰りでございまして……』『あーらお若いのに親孝行なこと……ま、お上がりなさいましな』『いえ、今日は急いでおりますので。お家をおぼえましたので、またこの次に』『まあそんなこといわないで』『はい、またそのうちに』『お上がりんなって』」

と、一人で袖のひっぱりっこをしてます。

男湯の客が「なんだい番台の若い衆は、なんだかぶつぶつ言いながら、袖をひいた

り放したりしてるが、様子がおかしかぁねえか、こっちい来て見てみろよ」などとやってますが、この客がいないと、嘘と事実との区別がつかなくなってしまいますんで、まことにうまいところに合いの手が入ることンなってます。

「『清やおしたくを！』テンでお膳がでる、酒がでる、お一つどうぞテンで、お猪口に一杯お酌してもらった酒をゆっくり飲んで、盃洗（はいせん）であらって、お返しにとかいって、こちらが注ぐ。すると、盃洗であらって、盃がこちらへくる。あたしが飲んで洗って向こうへわたし、また注ぐな、そうこうするうちにすごいことを言うよ……。『あら、お兄さん、今の盃はゆすいでなかったのよ、ご承知なんでしょ？』なんて、あたしをこのねェ、じーっとこのにらむねェ、その目の色ッぽいこと……あは、よわったなァ」……、と空想の極みとなり……。

客が「おい、だいじょうぶかい、あいつとうとう番台から落っこっちゃったよ」と言うことになります。

ちょっと、演ずる師匠によってちがいますが、そのうち夕立が来て雷が鳴る。ご新造だかお姐さんだかしらないが、雷がきらいだから、蚊帳を吊って、そん中で気ぃ失っちゃって、『女中さん、大変ですよー』ってのに気をきかしたのか出てこない。しようがないから介抱しようと、盃洗の水を口へ含んで、口から口へ口移してぇことになってと、まるで、ぽーっとなっちゃって、客が帰ろうとして下駄がないぞ、と言ってるのに、とりあってておれないほどンなります。

そう言うあたしも、湯屋番風に夢を見ることも少なくないんで、この「業」みたいなものは、隠してはいるんですが、編集者はこわいですな。すでに見抜いておりまして「湯野番」的なことを言うと、「そんな馬鹿な空想はよしてください」と言うのがふつうですが、そういう意見はしなくなります。

まあ、空想といいますものは、それが空想であることを、しっかり自覚しての上のことです。先ほどの、番台の若旦那（空想）と、それを見ている入浴客（現実）の二つをしっかり持っていないと、空想にならずに妄想になってしまいます。

昨日も、NHKの「おーい、ニッポン」という番組で、宮沢賢治の関係からあたしがちょっと出ることになりまして。場合によっては、男のくせに粉をはたいてライトの前でうまく映るように加減してもらうんですがね。そんときそこの化粧係のお嬢さんが、あたしのおでこに何か塗りながら「あら先生はお肌がきれいですね」と言ったんです。

おい、定吉！　お前ぃ何がおかしいんだ？　あたしが何か変なことを言ったか？　ええ？　あたしがここで、嘘をついて何になるんだい。こりゃあな、あたしのだ、これから先の生涯にもう二度と聞くことはできないだろうてぇお言葉だよ。いわば特筆すべき事件だ！　空想じゃあないよ、日時で言えば二〇〇五年七月三日十二時から十二時半までの間だ。場所はと聞かれればＮＨＫの化粧室だ。「せめてお名前だけでも」と言いたいところだが、言葉には出せないし「年寄りをからかわないで下さいよ」という顔をして見せなきゃならないほど照れた。だからその方のお名前はわからない。だがその方は、いいかい、編集者とかそういう立場の人と違って、あたしとは全く利害関係のない人だ、な、これは本当のことだ、事実だ。その事実だけ述べたら、もうここで解釈をする必要はないが、強いて付け加えれば、その方は美容師だ。美容師といえばまあその道のプロだ。それだけじゃあないよＮＨＫの美容室にいる人だ。映画俳優だとか役者だとか、化粧のために肌を傷めた人が多いとはいえ、見てくれは、お前ぃ素人とはちがって、選ばれた人たちだぜ。そういう人の化粧を毎日やっているプロが、そういったんだぞ……。

定吉　べつに嘘だ、と言って笑ったんじゃあないんで。まあな『湯屋番』の話のついでに、口をすべらしたんだから、また「湯屋番をやってる」と思われてもいいんだよ。でもな、考えてみるてぇと「肌がきれい」と言ってくれた人はこれまでの生涯に三人あった。一人はさる旅行会社にいた方だが引退されて連絡が付かなくなってる。この方は「もちはだ」という言葉をもちいられた。あと一人はご高齢のために亡くなられた。あと一人あるが、これは冗談が混じっているかもしれないので、本気にはしてないけど「玉の肌」という、今は死語に近い言葉を聞いたのはその方の口からだったな……。

でもこういう事はたとえ本当であっても、文字で書いたりすると、人は「アホトチャウカ」と思いはじめます。本当のことなら言ってもいい、というものでもないですな。黙ってるのが一番いいンですが、かりに口をすべらしても、熟達した編集者は、頭から馬鹿にはしませんし笑いもしない。

「先生は苦労が絶えませんねえ」

と、こういうんです。この一言はじつに、うまいですな。否定も肯定もしないし、馬鹿にもしていない。むしろ、同情してるふりをして、ややたしなめている感じがあります。

あ！　たしなめてる？　わたしゃァ言うんじゃなかった。考えてみると、美容師だからこそ言い慣れてるてぇお世辞てぇものがありそうですな。こいつぁ気がつかなかった。「肌がおきれいですね」といわれると「またこんど行くときゃぁあの美容院にしよう」とかね、思うでしょう？　すると、よくできたお世辞かもしれねぇ。でもね、そこはNHKだったんだし、男をほめてどうするんです？　床屋じゃあないんだから、男が「また行こう」なんて、考えますか？

まあ、それはお世辞でも、どうでもいいんですよ。

ともかく、「先生は苦労が絶えませんねえ」なんか言われて腹も立たないから「そうかなあ」という受け答えになるというようなもんで……。あとで書きますが下手な編集者は、無言で「くすくす」笑って、狼少年の嘘を聞いたときみたいな反応しかしないですな。熟達した編集者はそんなときにも「あなたは何を笑ってるんですか、肌がきれいだなんて見りゃあわかるでしょう」と、同僚の編集者をたしなめます。

「先生は苦労が絶えませんねえ」

という、なかなか言えませんよ、これは！　清書して壁に貼っときたいですな……。

この方は、もう恩人です。その恩人が「湯屋番の自伝てのを書いてみませんか」と、まあこう言ったんです。

うう、湯屋番ねぇ……、ほんとの自伝はやだけどねえ……。

ところが、あたしゃァこの「自伝」という言葉を聞いただけで思い出すことがあるんです。

えー、岩崎徹太という快男児がありまして、あたしゃァ心酔しておりました。岩崎書店という出版社があります。今の社長も立派ですが、元の社長はその人のお父さんで、ここで、いろんな仕事をさせてもらいました。

えーこの徹太という方と話してたら……、

「あたしゃあ昔、神田で古本屋をやってまして、そのころまあ、いろんな本を並べてましたが、中に刑法事典というシリーズがあったんです。それを中央大学の学生さんで、金を貯めては毎月一冊ずつ買っていく人がありました。『うう、あなたぁ毎月買っていくのもいいけれど、いずれみんな買い揃えるという気持ちがあるんなら、どうです、まず先に本をみんな持って行って、こんどは毎月一冊分ずつの代金を払いにくるてぇのがよかあないですか』と言ったんですな。そりゃあ学生さんは大喜びで本を抱えて行き、以来毎月、お金を払いに参ります、ところが人間てぇものは弱いものですなぁ、少しずつ足が遠のいて、結局みんな払い終わらないうちに、年が暮れて、とうとう来なくなりました」

岩崎徹太は共産党員でもなんでもなくて、ただの自由人でしたがね、何をどうまちがえたか、そのころの治安維持法ってぇのにひっかかって収監されたんですな、どのくらい居たのか知りませんが、ある日、

「わたしは、みんなのいる前では岩崎！　と呼び捨てにしていましたが、あなたのお店に刑法の本を買いに行った学生はわたしです、恥ずかしいことをしました。でも、おかげさまで無事卒業できました。いまは研修のために看守の実習をしていますが、こんなところであなたに会えるとは思いませんでした。岩崎さん、わたしは恩返しのためになんでもします」

と、まあ新派の芝居みたいなことになったんです。だから、岩崎徹太は世間から隔離された監獄の中にいても、社会の動向はみんなわかるし、友達に伝えたい自分の心境も伝えることができたってんですよ。

あたしゃァ、岩崎徹太てぇのはそういう男だとわかってましたな。こりゃあほんの一例ですよ、本人は「自伝なんてぇものは」と笑っているけど、もったいないから書いてもらいたかったですねぇ。でも奥様の治子さんが書かれたものがあるので、少しならわたしが、抜き書きしてもいいかも知れませんな。

当人の徹太が早稲田へ入った年がちょうど関東大震災で、たくさんあった貸家がみんな焼けて収入が無くなったので、大学を休んで旋盤工になるんですな。ようやく復学したのは二年後の大正十四年だったといいます。熱血児ですから、いろいろありまして、慶応の近くに「フタバ書房」という古本屋をはじめます、はじめは自分の蔵書を二千冊あまり並べて棚を埋めたんだそうですよ。昭和七年だったといいます、そのころ彼はプロポーズの手紙を出すんですな。こういうと突然の話に聞こえますが、徹太は後に奥様になるその方の兄と友達で、ときどきその家に遊びに行っていたてんです。はじめてあったのは治子さんが十六歳の時で、プロポーズされた当時は二十歳くらい、徹太は二十六歳かな？　それだけじゃありませんよ。その奥様は絶世の美人でしたよ。家柄だってあなた、深川のでっかい材木商の娘で日本女子大学に学ぶ才媛ですよ。ところがある日学務室から呼び出されて「授業料が納めてないけどどうしたのか」と言われた。女中を三人も使って忙しくしているのに、学費が払えないほど貧しいはずがない。これは「女の子が学校へ行く必要はない」と口癖のように言っていた兄の陰謀にちがいない。やむを得ないってんで、きっぱりと学校をやめたてんですから、この方も、しっかりしていますよ。

そんな剛毅な徹太が相手だから、話はうまく進んだと思うでしょうが、そのころの「アカ（共産党員）」というのは、風評だけで人は警戒し、たとえ理解のある人でも避けて通ったといいます。さっきもいいましたように徹太は「アカ」でもなんでもない、理想主義的な男だっただけです。果たせるかな家中は猛反対です。兄の友達であんなに仲が良かったんだから、兄は理解してくれるか、と思ったがその兄にも反対されたてんです。でもね、その兄たちも妹の幸せを願わなかったわけじゃないと思いますよ、徹太は「アカ」ではないかも知れないが、さわらぬ神にたたりなしてえこともある。「お前はだまされているんだ」とも言う、「お前なら行くところはいくらでもあるじゃあないか」と思ったのでしょうな。あたしも、そう思うかも知れない、「こっちにまで迷惑がかかる……」と、まあそのころの世の中はそう言う暗さがあったんです。

しかし治子さんの意志は決まっていた。あたしも、それでいい、とまた思います。徹太と「二人で話し合い、私は家を出る事にした」てんです。

着物、羽織、帯と順にほどいて縫い返して、密かに準備をし、仲良しの友達の家にもすこし運んでおき、いくらかの荷物は供待(ともまち)部屋に隠しておき、兄宛に「今まで世話になったことのお礼と、今後は一切何の迷惑もかけませんから……」などと書きおきし、昼近く、ふだん着のまま家を出た。女中三人のうちの一人は知っていて、協力してくれた。

昭和七年八月二十一日のことだった。と治子さんは書いている。

四十七士のそれのように、総ては隠密に、粛々と行われた。それからの六年間は一度も家にはよりつかなかった。天地のひっくりかえるような、人生の大事件です。そのころの新所帯を、見よう見まねで、あわただしく過ごしたことなどの顚末が、『残りの花』という遺稿集にのこされています。

着物を洗い張りしたなんてかいてありますが、それは着物のよく似合う方でしてね、清方の「築地明石町」から抜けだしたような美人でしたよ。（旧姓宮城）治子さんは「どこへでも行ける」けど、徹太なら「誰でも来てくれる」というわけにはいきませんからな、これは本当に新派の芝居にしかないような話ですよ、これはですね。一葉（いちよう）に聞かせたいですね。井上ひさしさんにも聞かせたいですね。わたしももっと書きたいんだけど、これを書くと、一冊の本になってしまうし、プライベートな話ですからナ……。よかったら『残りの花』を読んでください。（この本は徹太さんが昭和五十五年十一月に亡くなったのち、一九九三年十月二十四日遺稿として、岩崎書店から出版されました。治子さんは平成四年十月二十四日に亡くなりました、八十一歳でした。）

お墓は所沢霊園にあります、縁があって「岩崎の墓」という字と、そのそばに「同（どう）行（ぎょう）二人ここに眠る」という石が置いてあります、これは僭越にもわたしが書きました。

この方たちのいい話を、後の人にも聞かせたいから徹太さんに、「自伝」か何かに書いて残してもらいたい、と言いましたらね、彼は声を小さくして、「アンノさんねえ、自伝てぇものは書くもんじゃぁありませんよ」と言って笑ったんです。

ああそうか、それなら、やはり自伝だけは書くまいとわたしは決めていたんです。

ところが、あの恩人が「湯屋番の自伝てのを書いてみませんか」とそそのかしますんでね……、「湯屋番の自伝?」ならいいか、あこがれとか空想みたいなものだけを、集めて書きゃあそれでいいのかってね。うう、嘘でもいいのなら言っちゃおうかなぁ、もう隠したってしょうがないからねぇ。えーこのう、このあいだもね、あるところのご新造さんがねえ、「ちょっと、お上がりんなるっていうわけにはいかないの」とか何とか言って、じーっとこのう、目ぇ見られてね。あたしゃァ、本当にどうしたらいいか……弱っちゃうなぁもう。あのことを書くかな、とか何とか言ってるうちに、寄席の太鼓がテントコテントコなりだしたんですな。

焼け跡

あたしの仕事場の近くに、ビルの最上階が、見晴らしのいい喫茶店になってるところがあります。そこから東京の町を見下ろすってぇと、そりゃあすごいビルの林です。焼けた家なんてぇのは見えない、もと、目の下一面は戦災で焼け野原になってたんですからな。その焼け野原の東京は、戦地から命からがら帰って来た人や、命がけで田舎から食べ物をかついで来た人や、負傷して松葉杖をついてる兵隊さんや、戦災で親を亡くした子どもたちなど、とにかく生きていかなきゃぁならない人間で、ごったがえしてましたな。物の無い時代です。お米など必要なものはお上が配給することになってましたから、みんなに公平にいきわたるような仕組みになってるはずなんですが、実際にはそううまくはいきませんで、闇市てぇものが自然に生まれましてね、金さえ出せばなんでもある。ただしめっぽう高いという不思議な世界ができあがっておりました。

つまり一度は何も無くなった砂漠みたいなところへ、道路はできるビルは建つ、そのためにすぎた六十年という月日はあっという間でした、ともかく変わりましたな、この変化のために一体どれほどのタンカーが往復したでしょうな。それに、どれほどのコンクリートが必要だったかと考えながら見下ろしてるってぇとまったく気が遠くなりますなぁ。

上野

人間てぇものは、焼け出されると、森へ集まる習いってぇものがあるんでしょうかねぇ、何か食べるものはないかな、なんてね。東京の場合は上野の森などに人がたくさん集まっておりましたな。食べるものがあるはずのない時代でしたよ、それでも上野へ行けばなんとかなるらしいってゝでね、みんなが物乞いや浮浪者になってたんですな。

このあいだその上野へ行ってみたんですが、その上野では、昔彰義隊てぇ徳川方のお侍がたてこもって官軍と戦ったことがありました。でも無惨に負けちゃいます。その悲しい出来事を記した石碑が、ちょうど西郷さんの銅像の後ろのあたりに建っております。

こないだ、森まゆみというお人が、『彰義隊遺聞』（新潮社）という本を出されましたがね、あの方は以前谷中に住んでいなさったんですから、もっと昔に生まれてりゃあ彰義隊の奮戦を見ておられたという位置関係ですから詳しいんですよ。

頃は慶応四年と言いますが、西暦で言うと一八六八年の三月十五日（旧暦）のこと、そのころ高輪にありました薩摩屋敷で行われた、西郷隆盛と、勝海舟の和平会談とやらの結果、江戸城明け渡し、無血入城という劇的な展開がありました。「その日は昼すぎから雷鳴がとどろき、霰が降ったりしていたが、やがて天候が回復した」と吉村昭さんは『彰義隊』の中に書いてますが、さすが作家です、天候の描写の一言ではりつめた会談のようすが感じられますな、また、この会談の場面は名画になって残っております。

　彰義隊が結成されたのは同年二月二十三日のことですが、薩摩や長州の言いなりになってたまるか、という気分が盛り上がっていたんでしょう。そもそも鳥羽伏見の戦いにまけた最後の将軍、徳川慶喜は上野の寛永寺に謹慎していたんだそうで、和平会談の翌日、三千人くらいの旧幕臣や浪士が彰義隊に身を挺して来たといいますな。彰義隊が寛永寺の周りを固める形になったのは無理もありません。片や大村益次郎の指揮する官軍が、同年七月四日（旧暦では五月十五日）上野を包囲し、いっせいに攻撃を開始します。この官軍という言い方をすると、彰義隊が賊軍てぇことになりますから、今となってはこの言い方はあまり感心しない意味があるらしうございます。

　さて彰義隊も奮戦し、部分的には戦果をあげもしますが、なにしろ官軍は大砲をぶっぱなすんですから、勝ち負けは一日できまり、二百六十六人もの彰義隊のお侍が討ち死にしてしまいます。寛永寺は丸焼けになり、そのほか民家にも被害がでたといいます。生き残った隊員は榎本武揚の率いる船まで逃げて行ったそうで、さあそれから、戦場は函館の五稜郭へ移るてぇわけで、江戸開城もあたしたちが学校で習ったような、無血ではなかったし明治も一夜にしてなったわけではありませんでした。

　ところがこの戦争が終わると、賊軍と言われた榎本武揚も新政府の要人として返り咲くし、後に西南戦争を戦った西郷隆盛も銅像になりました。もっともあれは絣の着流しで犬をつれてます、銅像ですから絣かどうかはっきりしませんが、絵では絣てぇことになってますし、事情があって軍服じゃあだめだったらしいです。

絣は西郷さんのころのような昔の話と思ってる人が多うございますが、あたしなどが若い頃も絣が珍重されてました。映画の『二十四の瞳』などで見るように、着物を着て学校へ来る子がおりました、みんな紺絣でした。それを見て「おくれてるゥ」なんて思う人があるらしいけど、それは絣の色や織りの美しさを知らない人たちですな。あたしの若い時分はみんなそれが欲しいのに、すでに戦争の時代でしたから久留米絣のあの見事な織物は、手に入らなかったんです。だからよけいに欲しくなるんでしたが、あたしのおっかさんはどこからかそれを手に入れてくれましてね、どうやら六着ばかりありましたな。それを見るだけでもうれしかったことを思い出しますが、なんのことはない、津和野の質屋さんから流れてきたものばかりなんです。今でも紺絣の着物をきてごらんなさい、たいしたもんです。

ところが鹿児島にある西郷さんの銅像は軍服を着てるんだそうですな、大村益次郎も一八六九年つまり彰義隊の事件の翌年に暗殺されています。維新も簡単にはいきませんでしたな。あ、この大村益次郎も銅像になっていました。今は取り壊されていますがね……。

そうした上野の戦争も、のどもとをすぎて、桜が咲くてぇと花見の名所にもどります。

落語に『長屋の花見』てぇのがありますが、さる長屋の大家さんが音頭をとって、長屋の人間だって花見くらいはできるってぇところを見せたいじゃあないか、と力んじゃうんですな。ところが酒はないし肴もない、酒に見立てたお茶に、刺身に見立てた沢庵なんぞでやせ我慢の花見をするてぇおかしな話ですが、昔から上野は花見の名所だったんですな。あたしが、まあ、お化けのようにはじめて上野にさまよい出たのも花見の季節でした。

戦争が終わってから、四年目でしたかな、戦争といっても太平洋戦争です。戦争が終わって占領軍がジープで町を走りまわり、こどもたちが「ギブミー　チョコレート」なんかいって後を追っかけてた頃のことですが、友達に看板屋の息子がいましてね、「おめぇ、看板の字ぃ書かないか」というんです。これは山口県徳山での話ですが、東京に置き換えていうと、「TACHIKAWA」とか「YOKOHAMA」とかね、つまり占領軍にとって道しるべがなくっちゃぁならないから、いくら書いてもおいつかない。それにローマ字で書かなきゃ読めないてんでね、その友達は青の地色を塗って下ごしらえをし、あたしがその上に白で字ぃ書くんです。一枚かいたら八十円でしたが、戦後のインフレの時代ですからね、はじめて売り出された煙草のピースが十円コロナが十五円だったたんです、だからいい仕事でしたねぇ。

あたしゃあ、看板で味をしめましてね、それで東京へと出たわけです。日本一の看板屋になろう、なんてぇのは嘘ですが、田舎にいるよりゃあましだろう、という程度の決心でしてね。で、

（ここんところは、玉川学園の絵の先生になるという手はずだった、というのが実録です、そのことは『絵のまよい道』（朝日新聞社）という本に書いたので、ここではくわしいことをいうのはやめます。）

さて、上野へ出てきて、あそこの地下道で、一杯二十円の豚汁をすすったことを思いだしますな。豚汁といっても実際には何の汁だったか、肉のかけらのみえない汁で、それからピーナツを一袋食べて、腹の足しにしたもんです。

そうですな、あの頃はもう上野動物園が開いていましたから、復興も意外に早かったんですな。

路ばたに拡声器をしつらえて、アコーディオンを弾きながら歌ってる人もありました。「ああ、長崎の鐘はなる」とかね、その人の顔には火傷のあとがありました。お

もちゃの仮面の鼻だけいかしたものをつけまして、そして朗々と歌っていましたが、その方もいまは、亡くなったでしょうな。

骨董市

この前行ってみましたが、そこは、ちょうど不忍池のちょっとした広っぱでした。いまも広っぱになっていますが、この前行ったときは「牡丹祭り」と組んだ骨董市が開いていました。古着や、古時計、古い人形に瀬戸物、書画骨董などを広げたテントが並んでましたな……。

すると、とたんにあたしゃぁ志ん朝の気分になるんですな。

「『よしなさいよ、年寄りくさいね』なんて言われンですけれども、あの道具屋さんというのが好きでございましてね。道具屋の店内、こう見てるってぇと、なんかこう、ちょいと夢がありますな。あんまりこの、上等な店はよくないです。中くらいの店でね」

あたしが今でも手放せないでいるのはこねばちですな、そばなんぞをこねる鉢でしてね、木ィくりぬいて作ったもんですが、このう古びた色といい、底の曲がり具合といい、なんともいい形なんです。一抱えもある大きな鉢ですが、この鉢はもとはどんなに大きい木だったんだろうと思ううち、胸がジーンとしてきましてね。だいたい誰が使ったのか、どんなきれいな娘さんがこの鉢でそばをこねたんだろう、とね、そして、どうしてこれを手放したんだろうとかね、それからそれへと想像がひろがっていきます。まあ、そんなふうで、あたしが大切にしてたのは骨董というより下手物でして、他には木挽き鋸に、古い斤量(はかり)、赤がねを打ち出した鍋に大きなスプーン、杵に臼にそれから藁を打つ槌ですな。自在鉤もありました。こりゃあ魚を彫ったものなんですが、煤で真っ黒で鱗なんか見えやしません。それから雑巾よりもすごい刺し子の野良着、変わったところでは、傷んだチューーバもありました。楽器てぇものはいい形をしてますからね。傷んでいても愛おしいんですな、京都の道具屋で買ったもので八百円でした。何かラッパの中でカランカランと音がするほど壊れてるんですがね、石原という元ラッパ卒の友人が吹いたらプーと鳴りましたからな。その後このチューバは、NHKの「人間講座」という番組で静物画のモデルにしました。傷んでますから少し曲がってます。描いた絵も曲がってますが、その講座は写実的に描いて見るてぇのがねらいでしたからな。えーと、それからランプ、これはそのころ三千円くらいのものでした。三つくらい集まるてぇと、どんどんほしくなりましてね、しまいにはランプでさえありゃあなんでもいい、船のランプから、山小屋のランプと、集めたものを天井からぶらさげてるてえと、天井が一杯になりました。

　そのうち、家を建て替えるときがきましてね、せっかく集めたものを処分しなきゃ置き場もない、新しい天井に古いランプをぶら下げるわけにはいきませんのでね。

　ある人に話したら、あのう……今となっては有名な中島誠之助さんに頼めってんですよ、それで、相談しました、今は忙しいから聞いてはくださらんでしょうが、そのときは、ちょっと立ち寄ってくださいましてね、処分を手伝ってもらって骨董話に花が咲きました。

　あたしゃァね、天に五の玉が二個あるという古いそろばんをね、見せらぃました。玉がするするとは動かない。「これは幡随院長兵衛の使ったそろばんだ」なんか言われましてね、ちょっと考えこんじゃいましたな。すると「あんたはだめだ、あたしがそう言ってるんだから、本当にすりゃあいいんだ、そうして三人ばかりの手を渡ると、本物になるんだよ」とね、中島さんは、「下手物にはよくある話なんです」と言って笑いました。

　えー『火焰太鼓』の……え？　火焰太鼓を知らない？　そりゃあ実物は知らなくても、この落語はいつか読むか聞くかしてもらいたいです、ＣＤも出てるし、筑摩書房の

『古典落語』にも入っています、この落語はもう一般教養の部類ですからな。で、その中で志ん朝は言います。

「えーどうでしょうね、この、う、古い手紙なんですがな」

「古い手紙？　いいねえ。古い手紙だとか、質屋の証文なんてぇのァね、表具をして、ええ？　額に入れてかざっとくんだ。なかなか乙なもんだぜ、うん。どんな手紙だい？」

「ええ。えー小野小町がね、あのォなんでござんす、浅野内匠頭へ出した手紙があるんですがね」

そうかと思うと、

「こないだ購入ってった、あの振り子の取れちゃってる柱時計ね、静かでいいと思って掛けといたらやっぱり振り子がねぇってぇと動かねんだよ、ええ？　最初のうちは『何時だろうな？』って見るたんびに、他の時計を見ちゃあ針を動かしてたんだ。なかなか楽しかったんだけども、しまいに飽きちゃったんだよ、ああ。だから、きょう持ってきたから、なんかほかの物と取り替えてくれよ」

「ああ、そうですか。ちょうどよかったですよ、振り子だけ入りましたァ」

なんてんでね、でもそういうことになると、パリの蚤の市はすごいですよ。そりゃ

あなんでもあります。時計の針でも大小さまざま、それに歯車だとか、みんなばらばらにして売ってますが、そういった部品を一通り集めたって動く時計をつくるのは大変でしょうな。

なにしろあそこでは入れ歯が山になって売ってますからな、串田孫一先生に言わせると「きたお客がいろいろはめてためしてる」そうですな、はさみの片方だけとか切れた電球なんて愉快なものもあります。買わなくても、見るだけでもおもしろいですな。それに、あそこは下手物ばかりじゃありませんよ。あたしゃあ、どうしても見つからなかった、『ファーブル昆虫記』豪華本の揃いを見つけましたからな。好きな人にとっては掘り出し物があるってぇのが、蚤の市のおもしろいところです。ただしスリがいましたから用心しないといけません。人の手ぇたばこの火ぃつけて「ア、すみません」とか何とか気を引いてる隙に、そいつの相棒が人のポケットに手をつっこむてぇわけで、あたしゃあ一度やられました、金はとられませんでしたがね……。

さて、池之端の骨董市で、あたしが何を買ったと思います？　古銭ですよ、古銭！　明治三年の一円銀貨と、明治七年の一円銀貨、あの頃でも立派な銀貨ができてたんですな、今の銀貨などよりよほど立派ですよ。直径が三センチくらいありますよ、で、いくらだと思います？　一円銀貨が一枚で千円でした。ところがつい最近同じもので一枚が五万円という新聞広告を見ましたから、わからんもんですな。でも、その値打ちはあると思いましたよ。ところで明治七年は、先に書いた「彰義隊の墓を建てさせてくれ」と、お上に出した請願書が受け付けられて許可になった年だということです。そんなことを考えてると、一枚の古銭でも夢がふくらんでこようというものです。

池之端

「長崎の鐘」を歌っていた人がいたのは、あの近所だったように思います。いまは下町風俗資料館なんか建ってましして、昔の長屋らしい建物や路地裏、駄菓子屋、鍛冶屋、下駄屋、それに長屋にはつきものの井戸端に竈、薪の置き場なんぞが、それはうまい具合にしつらえてありましてね。井戸端の洗濯桶や洗濯板や、路地の竹竿に干してある絣などの古布、つまり赤ん坊のおむつなんか、それを見るだけで、もうあたしなんぞは涙がでそうになるんですな。

長屋には金魚屋とか、富くじだとか、大工とか、井戸さらえに、夜泣きそば、落語家とかね、落語に出てくるラクダの馬さんとか屑やお払い、太鼓持ちもうそれはいろんな商売人や職人がなかよく住んでましてな。大江戸はそうした職人たちに支えられて成り立ってたようなもんです。家は狭いし店賃をためるものも少なくない、そんなところの大家は大変ですよ、「大家と言えば親も同然、店子と言やあ子も同然」なんかいわれましてな。こりゃあ店子の言い出したことでしょうが、そういう人情話めいたせりふを言われたんじゃ、店賃のとりたてもでききゃあしません。

落語にでてくるあわて者が「箒をかける釘を打っとくれ」なんかかみさんに言われて、壁に釘を打ったら隣ぃ出るてぇくらいのもんで、長屋はみんなつながってるし、映画なんかで見るてぇと、壁の孔から隣が丸見えなんてのもあったらしいですな。隣では、浪人が傘を張ったりしてますな、ところがその妹がなんともきれいで、高利貸しの旦那からもう目ぇつけられてね、「(借金のカタに)うちへ奉公においで」なんか言われたりして、泣きべそをかいてるなんてね、そんなところをよく見ますですな。

でもそういった長屋をばかにしちゃあいけません。

今のマンションだって、考えようによっては棟割り長屋みてぇなもんですからな、マンションでも近所つきあいがないことはありませんが、どうしても長屋時代のようにはいきません。みんな貧乏だから肩を寄せ合ってなきゃあ生きていけなかったんでしょうな、人情が薄いのと、金がなくっても人情が厚いのをくらべたら、やはり長屋時代のほうがいいかもしれません。

今じゃあ五千円札の顔になってる樋口一葉(いちよう)も貧乏で、本郷の菊坂にいたころ、伊勢屋という質屋に通ったといいます。今も残っているその質屋を描いたことがあります。一葉はその後(明治二十六年七月、二十一歳のとき)下谷の竜泉寺町へ移り、駄菓子屋などを開いて、一年ばかりをそこで過ごします。あたしもむかし、その竜泉寺町に行ったことがありましたナ。

やまいだれ

定吉　知ってますよ、薬やの話でやんしょ？

なんだ、定吉か、聞いてたのか、えー定吉ってのは、知らぬ方もおありでしょうが、あたしんところで預かってる親戚の子でして、あたしが、十七、八の頃にそっくりで、あまり勉強をしてないもんですから、暇を見ては教えてるんですがね。落語によく出てくる居候てぇやつで、いわばあたしの影みたいなもんなんです。

ヤマイダレってぇのは、こんな風に、疒と書くけれどもこれは『寝床』の床という字に人間がよっかかってる気分の図だそうですな。それで、疒に丙とかけば病という字になる。ええ？

定吉　へえ。

付け加えますけど小言を言うときゃあ「ええ？」という合いの手を入れないと言った気になれません。志ん生師匠が小言をいうときゃあ、よく「ええ？」と言ってました。「なあそうだろう、違うか？　違うならなんとか言ってみろ」という意味がこの

「ええ？」という短い言い方の中にこめられてますな。それがあたしにもうつっちゃって、この口癖が出てしまいますが、お聞き苦しいときはかんべんしてください。

定吉！　そこで知ったかぶりを、ついでに言うけど、この疒の点をみんなとったらガンダレだ、雁という字に使われてるからガンダレと言うんだと思っていたらどうもそうじゃあないらしい。厂という部分を絵に見立てたらこりゃあ崖だ、崖はおおむね岩でできてるからガンだ、それでガンダレということになったらしい。

定吉　昔の人はいろんなことを考えますねえ。

話はちょっととぶが、厄という字のガンダレをとると㔾という字になるだろう？　これは女の形をあらわしているらしい、すると崖の下に女がうずくまってると、厄介の厄ってぇ字になる。見てるとなんだか、厄介なことになったなという気はしねえかい？　で、こんどは危という字を見てごらん、厂の崖にクの字をのせたら人がプールに飛び込むときの形だ、このクの字は男だ。な、おもしれえじゃあねえか、崖っぷちから男が飛び込もうとしてる、それだけでも危ないのに、下に女がうずくまってるてぇわけだ、これで危なくないわけがないだろ。いいか定吉…女てぇものは危ないんだ、こりゃああたしが勝手に作ってしゃべってるんじゃあないよ、昔の中国の偉い人が考えたことで本当なんだ。

えーと何の話をしてたんだったかな。

定吉　ヤマイダレの話で。

あ、そうだ、このヤマイダレに寺とかいたら痔となる。笑ってる場合じゃァないぞ、痔の病は人間みんなの問題だ、だから百人一首にも入ってる。

おくやまに　もみぢふみわけなくしかの　こゑきくときぞ　あきはかなしき

とくるな……。

これはな、揉み痔という痔の歌だ。夏がくるまではまだ我慢もできるが、秋が近づくてぇと痛みがひどくなる。こいつは揉まなきゃならんがマッサージに行くわけにもいかないから山の奥へ行って山道を歩くことで代用するってぇのが昔の人の知恵だ。そうして、石ころの上と落ち葉の上をうまい具合に踏み分けて歩くてぇやつだ。難儀な修行みてぇなもんだが、体のためにもなるし揉み療治と同じことになる。そこで泣くシカノってんだ。シカノてぇのは遊女の名で、妙な符合だがあたしのおっかさんもシカノという名前だった。そのシカノの泣く声を聞くときは、ことのほか秋のかなしさが身にしみてくるてぇほどの意味だな。

シカノというおっ母さんが美人だったたってのは証拠はないが、この歌から名前を取ったのはシカノだけじゃあないよ。山路ふみ子といってな、少女歌劇出身の女優さんが美人だ。それだけじゃあない女優の中には百人一首から芸名をとった例がいくらもあるな、幾野道子がそうだ、有馬稲子、霧立のぼる、天津乙女なんてぇのがそうで、みんな絶世の美人だな。

それぞれ、これらの名前がどういう歌からきているか後で、調べてもらいたいが、天津乙女は、これまた痔に関係がある。

あまつかぜ　くものかよひぢ　ふきとぢよ　をとめのすがた　しばしとどめむ

天津ってぇのは遊女の名だ、その子が痔を患うようになるが幸いにしてよい痔だ、雲の香といって天津が通るとかすかにいい香りがする、だから、雲の香よい痔とくる。そこで医者が「ふきとじよ」と心得を言うんだが「拭き閉じよ」つまり、拭くやいなやすぐに閉じるようにすれば、乙女の姿をしばらくはとどめることができるだろう。

とまあこういう意味の歌だ。

ふきど
ちぬ

わすれじの　ゆくすゑまでは　かたければ　けふをかぎりの　いのちともがな

という歌もあるな、忘れ痔と書くとわかりいい。早く医者へ行っときゃあよかったのに、一日延ばしにしてたもんだからこうなった。なにしろ、行く末まで堅いんだ、こりゃあ痛いらしい、行く末ってぇのは、ずーっと行く先の先まで固いから、と言ってるンだ。今日を限りの命かもしれぬ、これはただごとではないぞ。

定吉　で、固いってぇのは？

わからねえ奴だな、便秘だよ、便秘！　はっきりは言えないが、家でな、昔飼ってた猫は、便秘で死んだんだ。

あのう、……危険ってぇ話をしたな。

定吉　へえ。

それにつけても思い出すことがある。

定吉　はぁ…あのう手短にお願いしたいもんで。

贅沢を言うな、お前にわかりよく話そうと思うから手間がかかるんだ。むかしな、まだあたしの若い時分のことだ。あのう…あたしも、ひょっとするとヤマイダレかもしれない…という自覚症状があってな、さりとてすぐ医者に診てもらいに行くのもおっくうでな……。

定吉　「じかく」てぇのは痔核と書きませんか、どこかで聞いたような気がします。お前はまた耳学問ふうなことをいうな、そう言われてみると、あたしもどこかで聞いたような気がするが、あたしが言ってるのはそれとちがって、自覚と書く、思いすごしかもしれないが、ちょっとだけ痛いのは「何かわけありじゃあないかな」と感じたってぇ話だ。

定吉　ひがみみてぇなもんですか。

何がひがみだ。

定吉　人は何とも言わないのに、自分だけがそう思うんですからひがみに似てます。それなら医者に行けばいいのに、なんだかきまりがわるくって行けない。

まあそう言うわけでな……お前ぃ、何言ってるんだ。しまいまで聞け、あのなあたしが三十歳くらいだったかな、そのころ竜泉寺町に鈴木さんという指物師があった。桑の木専門のそりゃあ腕のいい職人だ。たとえば木で枡をつくるだろ、あの枡の四方はジグザグの組木になってる。それだけでもむつかしいのに、鈴木さんの作る枡は、そのジグザグが外から見えねえ継ぎ方がしてあるんだ、すごい腕だ、その鈴木さんは桑の木が無くなると仕事にならんから八丈島の桑の木をほとんど買い占めたてぇからな、その桑が庭に積んであった。……今はもう跡継ぎの時代になってるだろうが、あの桑はどうなったかな、その鈴木さんの家へ行ったことがある。

もう、あんな指物師は出ないんじゃあないか、と思っていたんだが、ついこの前、インタビューなどして、ものを書いてる三島という人に会ったらな、「まだいる」ってんだよ。三島さんが会ったのは井上喜夫という人、六十三歳でこの道に入って四十五年だという。「木の香りのする仕事場でいいですね」、と言ったら「そうですか、わたしはいつもここにいるから匂いません」といわれたそうだ。だいたいね、この伝統的な江戸指物ってえものは、わたしなんぞは、目で見てるだけで納得する。あのね職人が四十年かかってそれができるようになったとするか、ところが使ってる木には樹齢百年の木目がある。な、一朝一夕にできる仕事じゃあないでしょ、工芸品もいろいろあるけどね、この指物くらい年季のいるものはないんじゃないかねぇ。さっき言った枡のジグザグは、三島さんによると「留め形隠し蟻組み継ぎ」という名のある秘法らしい。たとえばそれ一つとって見ても、その作品の尊さから言ったらあれだよ、狭い仕事場に座り込んで、コツコツやるようなもんじゃないよ。豪華なアトリエで、よくあるような風采で仕事をしてもかまわないんだが、職人てぇものは、そんなことはあまり頓着しないいんだな。いやぁ経済的なことを言ってたらできないのかもしれん、つまり職人のすばらしい存在に世間が金をかけなくなったんだな、大量生産の時代になったからなぁ、美しいものに対する価値判断が浅ましくなってきたんだ。惜しいなあ、もうこんどこそ、井上さんみてえな職人は出ないかもしれないよ。

その三島さんから、川口市で太鼓を作っている山口恵三という職人さんを訪ねた話も聞いた。これはおもしろかったな。「その方の仕事場はすぐにわかりました、なぜかというと、ドンドンと遠くからでも音がきこえてきたからです」ってんだ。「今日は家内が実家に行ってて、おかまいもできませんが」といわれる。なぜ実家に行ったか、今日はできあがった太鼓に皮を張る日だ、これは叩いてみて音を調べながら張るから、少々うるさいため、用事を作って里へ帰ったということらしい。あたしゃね笑っちゃいけないのに笑っちゃった。文楽の名演『寝床』を思いだしたからなんだ。そりゃうるさいかもしれんが、祭り囃子の練習なんてうるさいからな。近所迷惑だなんていってられないよ、……あ、どうもあたしの話は横道にそれていけねえ。鈴木さんも井上さんも山口さんも、わたしの話には関係ないんだ、とにかく竜泉寺の鈴木さんちまで行ったたってぇ話だ。

そのころ吉祥寺から行ったんだからずいぶん遠い、遠いからあのあたりであたしを知ってる人は、鈴木さんしかいない。つまり、はずかしくっても今日限りと思ってな、小さな薬屋へ入った。すると若い女の人が出てきたな、こりゃあまずいぞと思ったが、しかたがない「あのう頼まれてきたんですけど、あのう痔の薬を」下さい、なんか言ってな。その女の人がまた綺麗なお人でな。

定吉　頼まれてきたてぇのはよけいじゃぁありませんか。

馬鹿、そりゃぁよけいだけれどもそこんとこはしかたがないじゃあないか。

定吉　あたしゃあ平気ですから、定吉につけるんだと言ってください、で、どうしました。

そしたら、「あら、若旦那、あなたはトラックの運転してるんでしょ」と言うんだ。

定吉　はあ、そうですか、若い女の人は娘さんで、そのお人が若旦那といいましたか。

いやあ、なんと呼ばれたかそこまでは覚えていないが、ともかく「はい」といったな…「そうでしょ長距離でしょ」ええ、下関あたりまでいくんです…「そうでしょ、長距離やってると、どうしても痔になりやすいんですよ」あのう、頼まれて来たんで、などといっても間に合わないんだなこれが、「あのね」とそのお人は嚙んで含めるようにいうな「この座薬を使ってみてね。それから、いつも清潔にしてなきゃあだめよ。それからこれはビタミンBでおまけなの、宣伝用だから遠慮はいらないわ」と手のひ

らに一杯のせてくれたんだ。そんときな、こぼさないようにあたしの手を、こう両側から包むようにして押さえてな、…いったん押さえてな…なんともやわらかい手でな…あ、「あ、袋をあげましょう」なんか言ったな、「で、お住まいは」と聞くから、キ、キ、吉祥寺と言うほかないだろ、「あら、駒込？　それとも中央線なの」ええ、中央線で、「まあ、ずいぶん遠いのね、もしお薬が無くなったら、またくる？」なんてね、弱っちゃったなあもう。

定吉　親方、大丈夫ですか、しっかりしてくださいよ、それにしても下町の人は親切なんですな。

おい、定吉、これが親切だけで言えるか、ええ？　よほど親身にならなきゃああんな顔つきにゃあならないぞ、だってお前…薬なら吉祥寺にだって売ってらあな。それを竜泉寺まで買いに行くか？　なのに「またくる？」なんて、お前…そんなこと言われたこたぁあるめえ。お前、それだけじゃあないぞ。「あたしは、姉の夫が倉敷のほうへ転勤になった。その姉のところに赤ん坊が生まれて一年近くになるがまだ一度も行ったことがない。だから…かねがね一度行ってみたいと思っていたところだが、なかなかチャンスがなかった。ねえ、あなたのトラックがあちらの方へ行くことがあったら乗せてもらえないかしら」っていうんだぜ、お前。

定吉　へえ、汽車賃を倹約しようってぇ了見ですな。ばか、お前は全く嫌な野郎だな、ええ？　だから話が長くなるんだ…分かってる奴に、いちいち解説をしちゃあ話をすすめるなんて、おもしろくもなんともねえ、いいか、あのな、薬屋さんがきれいな娘さんだった、そしてあたしが若かったとすりゃあ、お前、倉敷かどこかへつれてって！　ところなるんだ。ええ？　わかってるんだろう？　わからないふりなんかして。

定吉　それで、どうしました。どうしたと思う？　あたしゃトラックの運転手ではないしな。あんなでかいものの運転はできない。ふつうの車ならあるが、その車にのせて倉敷まで行けるか？

定吉　行けるんじゃあないですか。お前ぃ簡単に言うなよ。娘さんから見たら、この男は、なにか下心があって、乗用車できたな、と思うかも知れないじゃないか。

定吉　いいじゃありませんか、下心があったって。無いんでしたらべつですけど。え？　下心と言うからややこしくなるんだな。そうか、そりゃあ一生の不覚だったな。善意だ、下心なんてものはない、それはなりゆきってぇもンだ。

定吉　まあいいじゃあないですか、過ぎたことです、これ以上は聞きません。聞きませんが、それでよかったんですよ。そうでなかったら親方は今ごろそんなのんきなことを言ってられないかもしれない、何事も、過ぎたことです。

そうだな、あたしもお前から慰めの言葉を聞こうとは思わなかった。実は、その後一度も竜泉寺に行ったことはないがな、あの、娘さんはどうしているかな、…どこかいいところへ片づいているかもしれんな。あ、なんでこんな話になったんだ？

定吉 樋口一葉が竜泉寺にいたってぇ話で。

あ、そうだ、だれでも若い時分は苦労しなきゃぁいけねえ。一葉は随分苦労したんだ、あたしも若い時分、貧乏で苦労した。でもな、いくら貧乏でも志は高く持たなきゃあいけねえ。

下谷の山崎町

ところでその竜泉寺町は上野からすぐのところで、一葉もそこの長屋で貧乏してましたが、ここで言う下谷の山崎町てぇところにも長屋があって、そこにすごく吝い男が住んでいたっていう話です。吝いというのは並のけちじゃぁありませんな、志ん生師匠の言う、有名な話にあります。

「あのゥ定や、むこうの家へいって金槌借りてきな。打ちつけちゃうんだよ、この釘、あぶねえからな、早く借りてきな……どうした、貸さない？　なんで貸さないんだ」

「なんでッてねェ、あのゥ金槌何ィするんだッてからね、釘打つんですったら、竹の釘か鉄の釘かッてっから、鉄の釘ですッたら、だめだッて、金槌が鉄で釘が鉄じゃァかちかちぶつかって、金槌が減るから貸せないといいました」

「なんて野郎だろう、金槌が減るッてか、ええ？　まァしみったれな野郎だ、うちのを出して使え」

と、いうような人もあります。

下谷の山崎町の長屋は、ひょっとこ長屋ってんですが、なぜかというと、奇妙に一人者が多い、それはおかめがいないからだそうですな。そこに西念という坊さんが住んでいましたが、こういうことにうるさい安藤鶴夫という大先輩が調べてます。（『落語国・紳士録』平凡社ライブラリー）まあとにかくおもしろい話で、聞いた以上は黙ってもおれないので、その話の要点だけ、かいつまんで書いておきます。

「西念がいたのは嘉永二年、貯めたお金は、六十二両、こんなにためた乞食坊主は日本広しといえどもほかにはいない。お経はあまり知らないから念仏は、『かっぽれ、かっぽれ』と、聞きとれないほどの声でぶつぶつ唱える程度であった。

後でこの話に出てくる木蓮寺は金兵衛が一応檀家になっている寺で、麻布(あざぶ)の冠松とも、また一本松とも言ったところから、もう一つ坂を上がった釜無村(かまなしむら)というところにあった。焼き場でほとけさんを（できるだけ生焼けに）焼いて、略式の葬式までまとめて天保銭六枚だった。」

どうやってそんなことを調べることができたのか、と聞いたとしたら、きっと「うるせえ！」といわれるのが落ちでしょうな、安藤さんは調べた順に『週刊東京』に連載したんだそうですが、その間も、

「その後にも、本人並びにその関係者からただの一度もあれは違うなどの抗議を受けなかった。これはなにも筆者がえれえだろうなどといっているのではなく、多分落語国の人たち並びにその関係者は、そんなことにもう関心がなくなって、いわばあきらめちまったのではないかと思われる。」

とうそぶいているんですから、書かれてることに間違いがあるなど言ったりすると、そういう人間は野暮だということになるでしょうな。

黄金餅

志ん生はその演題『黄金餅』の中で言います。

「ええ、江戸時代に、下谷の山崎町に西念という坊さんがいましたが、これは江戸じゅう方々もらって歩くんで、首へ頭陀袋（ずだぶくろ）をかけて、こいつに南無妙法蓮華経としてある。門（かど）へ立って、『南無妙法蓮華経…南無妙法蓮華経…』なんてんでな、貰って、また他家（よそ）ィいく、ここの家は門徒だなと思うと、頭陀袋をひっくりかえしちゃう。」

「南無阿弥陀仏…南無阿弥陀仏…南無阿弥陀仏」

志ん生の話のかぎりではかっぽれじゃぁありません。

ところで、下谷の山崎町にいた西念さんの話ですが、長年その、金ぇ貯めてるんで…、貧乏長屋で金ぇためると、汚くなると言いますな、あまりきたないので風邪をひいたか、どっと寝込んじゃいました。

隣に金山寺味噌を売る金兵衛という男が住んでいまして、

「どうしたい、悪いのか？　おい、…西念さん」

医者へ行って金をとられるほどなら死んだほうがいい、「寝て水だけ飲んで、はばかりへ行ってりゃあ、病気もいっしょに下るんじゃあないか」と思って、なんか言ってるんですからどうにもなりません。そういうときは、

「自分が食いてぇものを食うと、それから元気がつくッてぇが、なんか食いてぇものァねぇか?」

聞くと、餡ころ餅が食いてぇと言います。しかしお金を出すのはいやだというから、とうとう金兵衛が買ってこなきゃあならないはめになります。餡ころ餅を二朱買ってきたてんですが、そのころ二朱も買ったらかなりの量あったらしいですな。

俺が俺の金で買ってきてやったんだから一つくらい食べてもいいだろうと言うのに、人がいたら餅がのどを通らないから帰っておくれと言うんですから、西念も考えてますねぇ。

金兵衛は、隣ですから、西念はいったいどうする気なのか壁の孔からみてやろうってぇことになります。すると、

「なんだい、餡ころ餅を前へ置いて考えてやがら……おやおや? 餡と、餅とべつべつにしちまいやがったな? どうするんだろうな?……あ、餡をみんななめちゃって、餅だけおいてまた考えてやがら、……」

とこうするうちに西念さんはふところから汚い胴巻きをとりだし、きゅっとしごくと、中から二分銀と一分銀がざあっと山のように出てきたと言うんです。

「うわァ、ずいぶん持ってやがんだなァあいつァ、あんなにありゃがって、しみったれてやがんだなァあいつァ（中略）なんだい？　ありゃァ……餅ィ金を入れて、金持ちなんか言おうてのか、あいつァ、畜生……」

ところが西念はそれらを次々と口ぃいれますな。

「あれあれ、あァ……呑んじめえやがった……ははァこの坊主、金が気になって死ねねんだ……」

とは、言いましてもそんなことをしたら死にます、苦しんでるので金兵衛はかけつけます。おい吐いちまえ、のどから手がつっこめるものなら、引っ張り出すのにと思うのですが、もうだめです。で、

「こいつを焼き場へ持って行って骨をあげる時にとっちゃえ」

と考えますな、

「大家さァん」

「西念がまいっちゃった」

「うん、俺が見舞いに行ってやるとね、餡ころ餅が食いたいってえから、俺ァ餡ころ

餅を二朱ばかり買ってやったら、そいつを一人で食っちめえやがって、苦しみだしやがったんだ。苦しい息のうちから『金さんお願いがあります、あたくしは親も兄弟もなんにもないんです、行くところがないんですが、あたしの死骸をお前さんのお寺へ葬ってください』って頼まれちゃッたんだよ。仕方がないから引き受けちゃったんだがね」

と、まあそういうわけで、長屋の月番などをはじめ一同が貧乏弔いを出すことになります。金兵衛が請け負ったんですから、金兵衛さんが檀那寺だと言っている麻布（あざぶ）絶口釜無村（ぜっこうかまなしむら）の木蓮寺をめざして出かけることになります。これが『黄金餅』志ん生の噺になるんです。上野山下から麻布の釜無村までの道中の、通りや町の名前を、ずーっとならべて読み上げるところが話題の個所ではありますが、これがあまり有名になって、この話の本命はその「町名読み上げ」にあるんだってぇ話になると、落語の愛好家たちは悲しむんだそうですな、この話のいいところはそういう、口上だけにあるんじゃないからです。

この絶口坂という地名は今もありますよ、いまは絶江坂と書きますけどね、こないだも麻布を車で走ったときタクシーの運転手さんに聞いたら「さあ、その名前は知りませんが、このあたりは坂が多いてえことだけは知ってます」などといってましたが、絶口の絶は「苦労が絶えませんねぇ」の絶ですからな、どうしてもそこが噺の終点にならなくちゃあいけないんですけれども……。

えー、口上は「下谷の山崎町をでましてあれから上野の山下へ出て…」とつづきますが、上野の山下は、いまは、ちょうど上野の山にくっついた形に駐車場やお店がならんでいますが、近くとりこわして新しいビルになるんだそうで、店によってはもうその準備に取りかかっているところもあります。その中の一軒に「都まんじゅう」という店がずいぶん古くからありました。その饅頭は人間も手伝いはしますが、実にうまい具合にできている機械が、まるで漫画映画のようにことことと動きまして、次々にまんじゅうを焼きあげていきます。そのからくりがじつにおもしろいんです。どういう仕組みでできあがっていくのか、見ていれば判るはずなんですが、覚えていられないほどおもしろいんだから。この店は決して無くならないようにしてもらいたいです。

狭心症

なぜあたしが、『黄金餅』の話にこだわっているかというと、ある日のことですが、胸が急にひどく痛みましてどういうわけかなと平尾隆弘という古い知人に話しましたら、そのことを心臓では大先輩の澤地久枝さんに耳打ちしたんですな。すると、笑い事じゃあなかった。そこを手短に言いますと、「予約をするから急いで半蔵門クリニックで診てもらいなさい」と、澤地久枝さんから、病院の地図までついたファクスが届きました。あたしゃァ、これはまずいことかなと、早速診てもらいましたところ「レントゲン検査の結果、狭心症の疑いが大きい、手配するから、榊原記念病院で断層写真など精密検査をしてもらう、ついては検査入院の手配をする」

と急にことが運ばれ、もうそうなったら、病気のことはなにもわからないものだから、言われるままに入院しましてね。CTスキャンといいましたかな、精密に体の断面を撮ってもらって、本来なら、カテーテルという、いわば内視鏡の役目をもするもので直接患部を診て確かめるのが順序らしいんですが、あたしの場合はもう、レントゲンで診ただけでそれとわかっているので、「いきなりステント手術をする」ということになりまして、一ミリもないほどに詰まっていた心臓の血管を直径三・五ミリくらいの通常の血管に、目の前で物理的に広げてもらったんです。参考までに、少し詳しく言いますてぇと、

「足の付け根、鼠径部の静脈からカテーテル（血管などを通って、内臓近くに侵入し、内容物を取り除いたり薬を注入するなどの医療に使う、主に外科領域の管の総称）を

入れ、ステントを送り込む。ステント（通称バルーン、ステンレスのメッシュ構造のもの、長さが一五ミリくらい）を入れるときはバルーンがしぼんでいるように細いが、患部にたどり着くと空気を送って、それをふくらますとメッシュが広がって、内径が三〜五ミリくらいとなり、冠動脈の壁に密着する、そうして狭窄部を広げたのち、カテーテルは空気を抜いて引き下がるが、ステントは残って縮むことはない」

とまあそういうわけです。なんと見事な治療法なんでしょうな、こうした医療技術がここまで来るのにどんな苦労があったか、これで何万人の人が命を助けられたかと思うと感にたえないですな。

で、三日ばかり入院しまして、塩分の少ない病院食で鍛えられて、心を新たにして出てきたんですが、そのとき、なんだか体が軽いんですな、足が独りでに前に進むような気がする。で、計って見たら二キロくらい痩せてました。そもそも痩せることなんかできないとあきらめてましたから、この調子でがんばろうと勢いづきまして、散歩など熱心にやりまして、そのころ、五キロくらい痩せることに成功しました。一キロてぇと、あの一リットル入りの水のボトル一本ですから、それが五本分も軽くなった。これは歩くに限るてんで、同じ歩くのなら、『黄金餅』の道中を行ってみよう、と考えまして、上野は山下へさしかかったというわけなんです。以前『黄金街道』というスケッチの本を描いたことがありました。その同じ道がこんどはどういう風にかわっているかということも興味がありましたから……。

アメヤ横丁

道は広小路に出ますが、山手線のガードにそって、アメヤ横丁、通称アメ横というそれは有名な通りに寄るとおもしろいですな。正月が近づいてくるてぇと決まってこのアメ横の雑踏と威勢のいい売り声がテレビに映し出されます。年の暮れでなくっても安いのでいつでも賑わっていますが、とくにおせち料理の季節にはずいぶん遠くから買いにくる人があるといいますな。

むかしあたしゃぁ、ここで田舎への土産に、何しろ安くって珍しい納豆を買ってみなさんへ配ったことがありました。そのころの納豆は藁づとに入っていましたがね。すると、姉が「大変だ、みんな腐って糸をひいてた」と言うんですな。あたしの田舎には、そのころ納豆というものはありませんでしたから、無理もありません。

ちょっと裏手へまわるってぇと、駄菓子屋用の商品がいろいろ並んでましてね、そのころ一円でひくくじびきなんてのがありました。一等、二等と品物はいろいろですが、たとえば、のしいかなんてぇのは、一等は半紙一枚もの面積があって、ビリだと、名刺の半分くらいしかありませんでしたな。おもしろいのは、一等二等など大当たりのくじはあらかじめどこに下がっているか、わかっていましてね、それらの当たりくじをはじめから出しておくかどうかは小売り店の裁量ということなんですナ。そうでしょうとも、はじめに一等が当たってしまったら、そのくじを引く子はいなくなるでしょうから…、ところであたしはそのくじを一セット買って帰りましてね、子どもにひかせました。毎日のおみやげの代わりに、くじをひかせる、そんなことをしちゃあ賭けごとの好きな子どもになるかも知れない、なんて考えませんでしたな。進駐軍の放出物資で、干しぶどうにバター、缶詰、お酒にチョコレートなどそのころはめずらしいものもありました。ジャンパーなどの洋服に靴、鞄、時計、化粧品、魚の切り身は鮪に鮭、たらこに貝のたぐい、乾物なら鯵や鯛の開きから海苔、鰹節、中でも伊勢音という専門店はなかなかいいですな。最近では友達からすすめられて粉末鰹節なんてぇのを買いました。小豆も買いました。計ってみたら七五グラムで五〇〇円でした、これは安いかどうか知りませんが多分安いでしょう。

椎茸、昆布、豆の各種、お茶、それにアメ横の名の由来の飴いろいろ、目うつりがして何を買おうかと迷っちゃって結局見物だけで終わりなんてこともあります。

黒門町

より道をしないで進むてぇと山下から広小路へ出ます。この広小路は、江戸の大火にこりて、火が移ってくのを防ぐために道を広げたものだそうですな、上野東叡山の寛永寺を守護する七つの門がある中で、正面にあたるこの広小路側の門を黒門といったといいます。

一八六八年七月十四日、先に言ったように彰義隊を攻める官軍の一隊はこの広小路を上野に向かいますな、吉村昭さんが『彰義隊』（朝日新聞社）という本の中に生きいきと書いておられます。あたしは、たまたま朝日新聞（一月二十六日号夕刊）を読んで知ったかぶりを言おうとしているんですが、これは迫力のある文章で、あたしなんぞが口まねすることはできませんので、そのまま書き写させてもらいたいと思います。

「正面からの攻撃をおこなうため黒門口にむかったのは、西郷隆盛指揮の薩摩藩兵一番、三番各小銃隊、一番遊撃隊、兵具一番隊、一番大砲隊、臼砲隊であった。

薩摩藩兵は、湯島方面に進んだが、彰義隊員の姿はなく、そのため湯島神社を待機陣営とした。

諸隊は、前方に斥候をはなって前進し、広小路に出て黒門の正面にむかった。不忍池方面からは、肥後（熊本）藩の軍勢が池のほとりに沿って進み、さらに因幡（鳥取）藩兵は、広小路に通じる切通坂から池の端の仲町を進んできていた。

薩摩藩の先鋒が斥候を出して黒門口の状況をさぐってみると、彰義隊員が堡塁をきずき、砲をすえて守りをかためているのが判明した。

大村益次郎からは、黒門口を突破せよという指令があって、薩摩藩兵の一隊は広小路を進み、黒門口の彰義隊に一斉に銃撃を開始した。六ッ半（午前七時）であった。

その銃声に、湯島神社にあった本隊は、砲五門をひいた大砲隊を黒門口前面と御徒町方面へ、さらに小銃諸隊、遊撃隊がそれにつづいて押し出し、たちまち激烈な戦闘がくりひろげられた。

（中略）

（官軍がわの）それらの砲が上野広小路の呉服店松坂屋の付近にすえられ、放たれた砲弾が黒門口を守る彰義隊員に絶え間なく撃ち込まれたが、堡塁を盾にした隊員たちは少しもひるむことなく応戦した。

薩摩藩の大砲隊長は、黒門口をのぞむ会席料亭の松源と仕出し料理店の雁鍋の二階に砲をかつぎあげさせて、そこから砲撃させた。このことが後に江戸市民の批判を受け、人気のあった松源の客足は徐々に少なくなり、やがて廃業の憂き目にあった。」

ということです。これらの料亭の名前を聞いただけでも明治のにおいがいたしますですな。

黒門町の師匠

さて、この戦争のあと、広小路は「御成道」、今の中央道でふたつに分けられ東黒門町、西黒門町ということになりましたが、いまは町名がまた新しくなり、黒門町という由緒ある名は惜しいことになくなりました。

由緒と申しますのは、落語の好きな人間が「黒門町の師匠」と呼ぶときは、ほかの誰でもない文楽師匠のことだったからです。

この通りには「本牧亭」とか「鈴本」といった、寄席がいまもあります。寄席はこのごろ客が少ないなんてぇことをいいますが、どうして昼過ぎになると、客が三々五々集まってきて列を作りはじめますよ。なにしろ、文楽師匠の膝元というわけです。ある日、師匠は高座で、絶句しました。ここンところは山田風太郎の『人間臨終図巻』（徳間書店）に書いてあります。

「昭和四十六年八月三十一日、国立劇場の落語研究会の高座で、得意の演目で、登場人物の一人神谷幸右衛門の名をど忘れしたのである。『まことに申し訳ありません、もういちど勉強して参ります』と彼は深ぶかと頭をさげ、舞台の袖に消えていった。」

それを最後に二度と高座に上がりませんでした。

そんなことがあってから百日ばかりたった十二月十二日になくなりました。七十九歳だったといいますが、それでちゃあんと高座をつとめていたんですからな。

自分の芸にじつに厳しかった黒門町の師匠の最後は今も語りぐさになっています。

ＣＤや、全集が出ていましして、それを聞けばいまでも文楽師匠の声を聞くことはできますが、生前の師匠は二度と拝むことはできません。あたしは、師匠がそれほど偉いとは知りもせず、高座を見たことがございます。テレビでも見ました『寝床』とか『船徳』『火焔太鼓』などは実に芸道の極みでした。CDが売り出されていますから、ぜひ聞いてみていただきたいもんです。

寝床

あ、いけない『寝床』なんてぇことを口にするんじゃありませんでした。これは、落語の中でも、一番好きな話でして、思い出すだけで、とたんに定吉に使いを頼みたくなるんですな、隣近所をまわってもらおうってんです。いいえ義太夫をやろうってんじゃないんで。

あー、おい定吉、お前ぃご苦労だがな、近所をひとまわりしてきてくれないか…親方が今晩ぜひお招きしたいとな。あ、義太夫じゃぁありません、落語でもってご機嫌をお伺いしたいとな、ここが大事だ。今回の落語はなかなかの仕上がりだそうだって、そう言って、あのう回ってきてくれ。酒肴の用意もあります、ご婦人方にはおまんじゆうも用意してあります。入場料は無料だとな、花代もご辞退いたします。ここも肝心だ、無料と言っとかないと、こない人もあるからな。

今回の出しものは『寝床』を一席とそれから皆様のご希望次第では、『湯屋番』も演らせていただきたいと、それで、もしまだご希望なら『火焔太鼓』なども練習してできあがっております、となそういって回ってきておくれ。

定吉　あれでございますか、このう、こりゃあ落語の『寝床』のまねでございますか、たしか、義太夫好きの大家さんが、店子を集めて一席語ろうってんで。

ああそう、真似だ……でもな、あたしゃあそのう『寝床』が無類に好きでな、あたしの子どもの頃の町内を語ろうとすると、どうしても『寝床』になってしまうんだ。だから定吉や、お前ぃそのつもりで回ってきてくれ、すまねえな。

みなさんは忙しいかも知れない、落語の『寝床』みたいに迷惑をかけるかもしれん、でもあたしにゃあ考えがある。もし一軒でも断られたら、町長の中島さんという奥の手がある……。

あたしのことだから話が長くなるが、定吉まあ聞いてくれ、それというのはな、津和野町と隣の日原町の町村合併が進行し、九月には実現の運びになっとるんだ（現在はめでたく合併して一つの町になっている）。で、新しくスタートする町の町章を作ってくれないか、とまあそうおっしゃるんだ。そんとき、ちらとむかしのことを思い出した。NHK出版から出したばかりの『ついきのうのこと（續　昔の子どもたち）』という絵本の中に、運動会でウサギのダンスをやってる場面がある。その中にな、よーく見てくれ、手をつないでもらえない男の子が一人いて、それでもなぁ、けなげに踊ってる子がいるんだ。お前ぃその子は誰だと思うかい？

定吉　親方！　泣いてるんですか？　え？　その絵は親方が子どものころだってんですか？

まあな……。

定吉　だって、そうだとすりゃあまあ、ずいぶん執念深いんですね。

執念深くはないよ、だって黙ってりゃあ誰にもわかりゃあしねえことだ、相手がお前だからこっそり話したんだ。あたしゃ何十年もたったけど、書名のとおり「ついきのうのこと」のように思い出す。もの覚えがいいと人がいうけど、あたしゃ自慢してるんじゃあないんだよ、子どもてぇものはそんなつまらんことを覚えてるんだ……。

定吉　手ぇつないでくれないのは女の子でしょ？　それにしちゃあおかしいじゃありませんか、親方は子どものころから、女にもてて困って、何でも「女払い棒」という棒を持って歩いてたと、いつも言ってるじゃぁありませんか。

あの棒はな、まっすぐ歩こうとするが、目の前に女がたかってきて動けねえ、それでその払い棒で、右へ左へと草をなぎ倒すようにしながら前へ進むというな、まあよく考えられた道具がある。

定吉　その棒を持って歩く人が、女の子が手ぇつないでくれねぇって泣くこたあないでしょう。

それは……あたしがな、湯屋番菌とでもいうバイ菌におかされているためかもしれんのだ。払い棒を持てばモテなくなるし、持っていないと、モテたことにならんのだよ。な、空想と実際はちがうんだ、あたしゃ三月二十日が誕生日だから、クラスの中でも一番小さいほうだった。だから女の子までばかにした。

定吉　でも、そんな涙声でいうほどのことじゃあないんじゃありませんか……。

おい、お前に、説教されるたあ思わなかったな。

まあ、それはそれでいいが、あたしゃあね、先日の町章の発表会で挨拶させられた。

「えー、以前、今の公民館が建ってるところへ『津和野高等女学校ここにありき』という石碑を建てたいから、その字を書いてもらえないか、と言われました。しかし石の上に書いたら最後です、もう二度と消すことのできない字を書くてぇのは荷が重すぎると言って断りました。あのときの担当者がここにおってじゃったら、あやまります。でも頼みに来た人は男じゃったんじゃけえ、なして女学校の出身者が来んのかのうとおもいました。子どもの頃も遊んじゃあくれんし、せっかく年頃んなっても無視しといてから、ほいてから、今になっても男が来て『女学校ここにありき』なんか書く気になれますまーがね。ほいでもそねーなこたーはっきり言えんけー、石に残るものは書けん、何枚書き損なうかわからんちゅーて逃げとったんです。そりゃあ町章も長く残りますが断れん意味があるけーしかたがのーて、ほいでも、ただちゅうもんほど高こーつきますよ」ちゅうといたんじゃが……。

合併委員会の、町章の担当が下森さんという、隣の町の、大昔の女学生だ、今は無き高等女学校の第一回の卒業生かもしれん……、そのとき、わたしがたまたま広島にいたため、津和野へ呼び出された。そんで車にゆられて頭がひどく痛くなったんだ、町章といっても、もう命がけだぜ、ほいたら、下森さんが鞄から気付け薬みたいなものを出してのませてくれた。下森さんは金持ちじゃけー、自腹を切ってでも作りたいと思うとったらしいが、あのときの薬は人命救助になった。いわばこれが町章の謝礼だ。

中島町長は会議の場ではだまっとったが、あとで言うには「本当は何千万円払えばいいものかわからないし、予算もない、で、ここは一つ御寄贈ちゅうことにしてもらわんと都合がつかんし、そのほうが、万事きれいに話がすすむ」と、もみ手をするじゃあないか。

定吉　美術館の広石さんが、何やら秘密らしいことをしてるのを見たことがありますがあれですかね。

あれだよ、何しろ小さいものだから、あれに何千万円も払うってのは説得力がない、だから御寄贈と言った方が「話がきれいだ」てんだよ。

定吉　鉛筆でひょろひょろと線で描いて、数字も書いてあって、まあ数学の問題みたいな図でした、仕上げは美術館の広石さんが、コンピューターでやったんでしょ。

いいじゃあねえか、ありゃあ下図だ、下図はラフでも、細工はりゅうりゅうなんだ、な、手え抜いたように見えるかもしれんけどな、

「曲（かね）に巴」が描いてある。説明すると身も蓋もないが、曲尺は規範的という意味で正しさの象徴だ、巴は日原と津和野の合体だ、全体で石見の国の「石」をイメージできるのもおもしろいだろ。

定吉　判じ物ですな。

ばか、判じ物でなくはないが、そんなことはどうでもいいんだよ、ひとつの形として、長く飽きないで使われて、終いには民謡のように誰が作ったのかわからなくなる

のが理想なんだ。そんなわけでな、このたび落語の会をするについてな、もし来る人が三十人くらいしか無かったら「町章制定記念落語会」てぇことにしてもらおうかと思う。すると、お前ぃ、代わりに町長が回ってくれるだろう、どう思うかい、入場料もとらんのだよ……。

あ、行ってきたか、ご苦労だったな、それで前の「ももたや」さんから行ったか、うん、こないだも家の梁んところに青大将がいる、あれを捕ってくれと言ってきた。なにしろ男手がないからな。それでうちの若い者をやって捕らせたんだが、青大将ってぇやつは鼠をねらってるんだ。人間を喰やあしねえっていうんだけど、ご亭主が亡くなると、気も弱くなると見えるな。なに？　気が滅入ってまだ、大好きな落語を聞く気にもなれない、「笑い」を断ってるてぇのか、うん、あと二、三年たったら心持ちも落ち着くだろうから、そうしたら、いの一番に伺わせてもらうつもりだから、師匠にはくれぐれもよろしくって……、そう言ってましたな。

あ、そうか、師匠って言ったか。それでそのお隣はどうしたい。

定吉　下駄屋さんはですね、これまた正月と祭りを控えて、下駄の仕立てに忙しくって、このたびは伺えないと言ってます。下駄は桐が軽くて、丈夫で、どこか福島あたりからいいもんがくるらしいんですが、これを磨いてつやを出して、いちいちお客さんの注文の鼻緒をすげなきゃあならないってんで、みんな手にタコを作って働いてましてね。

正月と言ったって、まだまだ先の話じゃあないか。

定吉　へえ、わたしもそういったんで。すると、正月はまだいいけど、ここんとこ、主人が喘息気味だってんで、五分置きに空咳をなさってました な。

咳がひどくならなきゃいいけどな、あそこにはシゲ子ってぇ女の子がいたが、あの子はどうしたかな、まだ落語は難しいか？

定吉　へえ、そのシゲ子さんも手伝ってましたよ、あの子は感心な子でしてね、評判の親孝行で、あそこの家はシゲ子さんで持ってるてぇ話で……。

そうだろうな、そのお隣の金物屋はどうだい、大谷屋は？

定吉　大谷屋さんは、取り込んでましてね。学芸会をやるって話だが本当かい、と聞かれるんで、ちがいます学芸会なんかじゃあありませんといったら、そうか

い、もし学芸会なら行けないかわりに応分の寄付をするからな、とおっしゃるんで。そうだろう、あそこは、むかしから大きい金物屋でな、お金をはじめとして、金と名の付くものはなんでもあったな、無いのは大砲くらいのもんだ。大砲といやぁ戦争中の金物の無くなった時代は大変だった、ずいぶん忙しかったらしい。

定吉　へぇ、その店も、忙しいけど、今日は、なんでも政吉あにぃの十周忌だとかで、あそこの兄弟がみんな帰ってきてましてね。

なに政吉の十周忌だと？　ああ、そうか、すっかり忘れてた、政吉は亡くなったんだ、チャンバラごっこの相手でな、あいつは学校の成績が良くって、山口の中学から東京の大学へ行った、「男純情の、愛の星の色」なんて歌の楽譜を送ってくれたのはあいつだった。「思いこんだら命がけ」なんかいうけどな、酒で命を縮めちまいやがった。そんなところへ落語の案内なんか全く不謹慎なことをしたな、みんな怒ったろう？

定吉　いやあ怒っちゃぁいませんよ、よろこんでました……。

そういえばな、珍しいことがあった、あの井の頭線に乗っていたと思いねえ、すると、「みっちゃんじゃぁありませんか」と声をかけたものがある。「どなたでしたかな」と聞けば「忠です！」というじゃあねえか、忠はあたしより四歳ばかり下だったかな、津和野を出てから何十年も経つ。子どものころ別れたっきり、会ってないんだよ、それがお前ぇ井の頭線の電車の中でぱったり会ってだ、こりゃあ奇遇だぜ。それに相手が誰かわかるなんて、あいつもよく覚えていてくれたと思うよ。

定吉　親方は歳をとっても、変わらない、とそういうことになりますかな。

そんなことを言ってるんじゃあないよ、忠に遭ったのはもうだいぶ前のはなしじゃけぇ…、互いに歳はとった、誰が見ても昔の面影はありゃあせん。ほいじゃが津和野の訛りちゅうもんがある、訛だきゃあかくされんけえ、ありゃ？　この人ぁどこかで見た人じゃど、ちゅうことんなる。ほいで、まあその忠を糸口にして正二にも会えた。正二はなんでも印旛沼の方へいるんだとか言ってたな、あの男もいいやつでこれはあたしより二年くらい下だったかな、飄々としていてな、しゃべったあと帰っていく後ろ姿がいいんだよ。人間ああなりてぇな。ところで、能美さんはどうした、染め物屋さんは？

定吉　新しい町章を使った旗を染めるんで大変なんだと言ってました。それに、てるちゃんという子がいたでしょう、もうじきあの子の輿入れで、落語を聞きに行くほど落ち着いていられないからと言われまして。

ああそうか、てるちゃんもお嫁に行く歳になったんだな、ところで徳佐屋はどうした？

定吉　あそこは本町ですから呼ばないのかと思って回りませんでしたが……。そうか、まずかったな、こないだもあそこの君子さんにあって、「せんだって落語の高座をおつとめになったそうですが、どうしてあたしんちには知らせて下さらないんです、本町はだめなんですか、あたしたちが師匠の話を楽しみにしてるってご存じのはずじゃありませんか」と嫌みをいわれちゃった。ありゃあまずかったな、あそこンちは妙に落語を聞きたがるんだよ。それに評判の美人ぞろいでな、町長の奥さんになってるのは、あそこの末娘なんだ、まあな、今市だけでいっぱいになるところへ本町を呼ぶことになると、倉益とか俵屋など、他の家からも「なぜ呼ばないんだ」と苦情が出るだろう？　よわったなどうも。まあいいか、こんどさしでみっちり語るてぇことにしよう。で、何かい「ささや」には行っただろうな、あそこも本町だが、あそこを呼ばぬてぇわけにはいかんのだよ。

定吉　ささやさんは、店の模様替えでとりこんでまして、となりの土蔵を居間に改造したり、ショウウインドウの飾り付けを季節のものに変えなきゃならんてんで大わらわでした。来てもらえるとしたら寿美ちゃんですが、あの方は柳井のほうへお嫁にいかれまして、遠くだから伺えないわけで……、それに登さんも亡くなられまして。

あいつはな
星まわりが悪いんだよ

ああそうか、知らぬまに年が経ったんだな、あたしが煙草を覚えたのはあいつのせいだった。百人一首を覚えたのもあの家だった。ずいぶんいろんなことをして遊んだが、そうか亡くなったんだった。あそこは昔からの大きい呉服店だけあって、そのたたずまいの感覚がよくって、今も変わらないな……あの家は、あたしの遊び場だったんだけどな。それはいいけど、来てくれそうな人はみんないないいてぇわけか。なにかい？　今出屋はどうした、芳夫がいたけどな。

定吉　芳夫さんは、五日市の銀行の支店長やってましたが、この方も若かったのに、亡くなったそうで、ほかの人は年寄りで、耳が遠くって落語を聞きにいってもお邪魔になるばかりだから伺わないほうがいい……と、それから海老屋へ回りましたが、あそこはおばあちゃんがぐあいが悪くって、風邪の熱だろうけど、でも歳だから今晩ひと晩は用心した方がいいってぇ話で。

ああ、そうかおばあちゃんか、心配だな。お前は知るまいが、あのおばあちゃんはな、香月泰男という偉い画家のお母さんなんだよ。香月さんの奥さんがそう書いてた。あたしにとってはなんだか、うれしい感じのことだがな……山東医院はどうした？

定吉　えーと、ごめん下さい、看板がちがいますが、山東さんてぇのは……？

看護婦　もう何十年も前に引っ越しましたよ、わたしがここにきてからもう七年になりますが、来る前からずーっと和崎先生でございました。
定吉　ははあ、やっぱりそうですか。うちの親方は昔のことと今のことがすっかり混ざっちゃって……。えーっと、今晩、うちの師匠が落語の席を設けたいと申しておりまして、ご案内しておいで、とそう言われまして……。
看護婦　ちょっとお待ちください、聞いて参りますから。
定吉　あ、そこにいるのは熊の兄いじゃあないですか？　どうしました。
熊吉　おれはな、お前んとこの親方が、落語をやるという噂を聞いた。こいつはことだ。おれは、山登りにいく約束がある。親方にもお世話になってるから、屋根の上に隕石が落ちたとか、井戸に銭を落としたとか、そりゃあなんでも聞いてきたよ。でもな、あの落語だけはだめだ、あれをお前！　無理に笑顔をつくって聞くなんてつらいもんだぜ。同じ苦しむんなら、山登りのほうがいい。だから先生の診断書をもらいにきたんだよ、お前ぇいいところで会った。あいつは大病で伏せってますと、そういって断っといてくれないか。
看護婦　おまたせしました、熊吉さん、この手紙の中に診断書も入ってますから、お持ちになってください。嘘の診断書をかくのは医師法にふれるが、あの、落語ということになると、話は別だとおっしゃってました。これはここだけの話でいいですね。

熊吉　ありがとうございます。よくわかりました。

看護婦　定吉さん、あのう、言いにくいんですが、今晩は高津の患者数人につきあう前々からの約束なんで伺えませんと……、親方には、喉のお薬を用意しましたから、これをお持ち帰り下さい。もし喉に炎症があるかな、と思われたときはまず一服、あとは、食間に一袋ずつで三日分です。ではお大事になさいますよう。

定吉　あのう、行ってまいりました、山東さんじゃありませんよ、和崎医院の和崎先生でしたよ。

あ、そうか、山東さんじゃあなかった、忘れてた。あの先生は亡くなったんだ。医者の不養生てぇやつだ。それで、なにかい、和崎先生はどうした?

定吉　なんでも高津まで往診で今晩は伺えないけど、喉の薬を、と言われてもらってきました。

そしてあそこで熊吉さんに会いましてね、「診断書をもらった、山で遭難して長いこと座ってられねえという奇病にかかった、大変残念だが今晩伺えないが悪しからずと、言っといてくれ」ってんで。

おやまあ、そうかい、熊吉にも和崎先生にもそんなに気ぃ使わせちゃって申し訳ないな、あのな、高津へ回診に行くってぇけどな、ありゃあ魚を釣りに行くんだぜ。「魚釣りとは、馬鹿と魚が、一本の糸で綱引きをしてるようなもんだ」てぇ話だ、お前ぃ魚と綱引きしたってしょうがねえだろう。うう？

それにな、いったん釣った魚の寸法を測ったりしてまた海に戻すんだから、あたしゃあ本当にわからないよ、調査捕獲かなんか言おうってぇのか。

するとなにか、だれも来ないんだな、義太夫じゃあないよ、落語だよ、落語みたいにおもしれぇものに興味がねえってぇのか……。うう、そうか。

よしわかった……。あたしゃあ下手だ、下手だけれども好きだ、その好きなところだけで、哀れにも笑えりゃあしねえかと思ってたんだ。

よろしい、こうなったら役場へ行くしかない、今市通りだけの問題じゃあないぞ、町長に言ってな、場所はあの公民館で「町章制定記念落語会」を開きたいと言ってこい、近郊近在合併した町が主催した形にしてもらいたい、とそう言っておいで。どうだい、あたしの言うことに無理があると思うかい？……

定吉　人間、好き嫌いはありますが、落語が嫌いと言う人は少ないです。でも親方のような、前にも後にも例がないほど新しい落語をですよ、文楽のようにおもしろがれって言っても無理があります。猫が嫌いな人もいれば好きな人もある。魚を釣る人もあれば、雉を撃つ者もいる、山へ登るかと思えば海へもぐる、いろいろなんです。自分が好きだから人も好きだろうってわけにはいかないんですよ。

全くだ、お前の言うとおりだ。でもな、あたしゃあこの歳になるまで、酒も飲まず博打もやらず他に道楽はしなかったぞ。絵ぇかくのは道楽じゃあないぞ、ありゃあナリワイてぇもんだ。いわば落語ひとすじに生きてきたんだ。下手なら下手なりにテープに吹き込んで自分で聞いて自分で笑った。笑いは健康にいいと言われて、こりゃぁ人に勧めても悪かぁねえだろうと思いはじめたんだ。そこでCDに吹き込んで売りだすてぇのはどうだろうと、NHKの小野さんに相談したら、「そりゃあ絶対売れますが、生と録音とでは大違いです、師匠の場合はなんといっても、生でなくちゃあ、みんなは師匠の芸をみたいんですから……」というじゃあないか。ええ？　生だぞ、それをただで、酒に肴まで出して聞いていただこうってんだ。それが聞けないってぇのか……。

よろしい町長にたのもう「町章制定記念落語大独演会」てぇことにしてもらうぞ、そうなると、町長も断れまい、何？　中島さんの政治生命がかかってくる？　なーにが政治生命だ、お前ィ聞いた風なことを言うな、町長も君子さんの妹を嫁にもらってるくらいだ、芸術がわからんはずがない。ええ？　こんなこともあろうかと、はじめから覚悟くらいはしておられたはずなんだ。

でもな、あたしも反省する、何の因果か落語が好きになってしまった。でも、笑いが健康にいいってぇからよかったなと思ってる。いいか、健康のためだ。つまり、落語は人助けなんだぞ。だから、忙しいとか、熱が出たとかいって落語を聞きにこれないなんか言われたら、あたしの目には仮病としか見えなくなるんだ。こりゃあひがみから来てるのかもしれん、すると、あたしの不幸てえことになるか？　ええ？　あたしゃあ、どこかがまちがっとるか？

定吉　みなさんそれぞれに事情があるんですから、なにも涙声でいうことは無いでしょう。

お前、あたしの身にもなってごらん、魚釣りなんかまだいい方だ。金ぇ使って海まで行って、釣ったかと思うと、海に戻す、ええ？　なんだいありゃあ。やつあたりするようだが、山へ登るてぇのはもっとわからなかった。愛宕山の山遊びじゃあないよ。親がとめるのも聞かずにただただ登ろうてんだよ。雨が降っても雪が降っても登るんだぜ、あんなことのどこがおもしろいんだ。なぜ山に登るのかって聞いたら「山がそこにあるからだ」と答えたっていう話だ。ええ？「そこに落語があるからだ」とかなんとか言って見ろてんだ。あたしにはわからないがお前にもわかるまい、いいかあたしはな山には登らないが、よーく考えてみりゃあ山にはかなわない、あたしゃあ泣く、あれは大自然が相手だからな。

定吉　わかってるじゃあ、ありませんか。映画で見たから知ってるんだ。

定吉　なーんだ映画ですか？

山に登る

黙って聞け、若いころの話だ、その日はな、あまり暑いんで映画館の中で昼寝をしてこようと考えたと思いねえ。チャンバラや推理映画などでは眠れない、何かないかなと、探していたら、なんだかしらないが山登りの映画がかかっているじゃあないか。外国映画だったけどな、これなら涼しそうだし眠れるんでちょうどいいってんで、入った。ところが眠れるどころか、目ぇつぶって寝ようとするのに、目が見ちゃうんだな。筋書きなんかあるようでない、ただ人間が高い所へ向かうだけだ。な、何の意味もない、測量するんでもなければ、城を築くんでもない、ただただ登るだけだ。一口に言うと無駄じゃあないか、それに命がけだ。だって、だれも行ったことのないところへ向かうんだから道はない、それを登る、ただ登るだけなのに目が離せねえんだ。いろいろ考えてみたが、人間のやることで、このくらい無駄なものは思いつかねえな、お前、何かほかに無駄なものが思いあたるか？

定吉　さあ、あたしなんざきらいな映画をじーっと辛抱して見てなきゃならないってのは無駄だと思いますがね。

なーにを言ってるんだ、嫌いなものを辛抱して見る必要はないだろう、そういうものは見なきゃあいいんだ、あたしは眠るのが目的だったんだ。

定吉　だって、せっかく映画をやってるのに、『寝床』じゃぁあるまいし、その前で眠っちゃあ失礼じゃぁありませんか。

そりゃ、失礼だろうよ、でもな相手はただの影だ、しいていえば光と影だ。外国映画で言葉がわからないから、ぎゃーとか、うーとか、うなってるだけとしかうけとれねえ、そういうのを見ていて眠ってても仕方がないんだよ。それにちゃあんと木戸銭をはらってるんだ、失礼じゃあないだろう。

定吉　ああそうですか、近所の人も、ぎゃーとか、うーとかうなってるだけのときは寝ちまうといってました。

お前、『寝床』の義太夫のことをいってるんだろうが、あれはまだためになる。それにただだぜ、山へ登るってぇのは、あまり生産的じゃあない、そりゃあ登山の記録を更新すりゃあ気分はいいだろうが、でも金にゃあならねえ。

定吉　セコイ話ですね。

セコイといっちゃあおしまいだが、人間ふつうはセコイんだ。生産的に生きている。しかしそれじゃあ人生に潤いってぇものがない、だから義太夫も落語も必要なんだ。あたしゃね、あの映画を見てな、多少は登って見たくもなった。なんてったって、あたしゃあ昔、オランダで一番高い山を制覇したんだからな。はは、笑うな、高さが二〇〇メートルくらいしかなかった。これはまあ冗談だがな。とにかく山へ興味は持ったが登れない、だからいろいろ本を読んだ。不思議だなぁ。恋もなければ、人殺しもない、ただ高いところへ登ることを尊い行いだと考える人の記録にすぎない。ところがこれがおもしろいんだから不思議だ。相手が自然だからか？　そこぃくるてぇと落語は相手が人間だからな、それにしても山へ行くのがなぜおもしろいのか、わたしにはわからんが、それでもまあいろいろ調べてみた。

ノートがとってあるから見てもらいたい。

・一七八六年　アルプスの最高峰モンブラン四八〇七メートルに、シャモニーの医者パカールと水晶採掘人のJ・バルマが登頂した。

・一八六五年　登攀不可能とされた、マッターホルン、四四七八メートルにイギリスのE・ウインパーが登攀した。この人は絵描きだ。

・一九二一年　槙有恒がスイスのアイガー東山稜を初登攀した。

・一九二四年　最高峰エベレストに向かって、G・H・L・マロリーとA・アービンが頂上近くまで登っていながら消息を絶った。「山がそこにあるからだ」と言ったのは、このマロリーだといわれている。

・一九五〇年　フランスのエルゾーグ隊はネパールから、アンナプルナ八〇九一メートルに登頂した。このとき人類は、八〇〇〇メートルを越えた。

・一九五二年　今西錦司隊はネパールヒマラヤのマナスルを踏査した。

・一九五三年　早稲田大学関根吉郎隊は南アメリカのアコンカグア六九六〇メートルに登頂した。

・一九五三年　E・P・ヒラリーとシェルパのテンジンがついにエベレスト登頂に成功した。

・一九五六年　日本の槙有恒隊はマナスル八一五六メートル登頂に成功した。

・一九八四年　植村直己は二月マッキンリー冬季単独登攀に成功したが、十三日連絡機との交信を最後に、消息を絶った。彼は世界で初めて五大陸の最高峰の登頂を極めたばかりでなく、北極圏にたった一人で到達するなど世界的なかずかずの記録を残した。

じつは、まだまだ書ききれないほどの記録がある。同じ山でも登山方法がちがうとか、女性の登山家が制覇したとかいろいろだ。ただここでは、記録を書きたかったんじゃあない。ただ、山の名前と、その高さと、そこへ登った人の名前を並べてみたかっただけだ。それを見るだけでも、尊い人間の記録というか、生き方が胸に伝わってこやしないかと思うからなんだ。その無駄なことをする人間の生き方がだ、自分にはできなくても理解できる文化、とでもいうものが、わたしたちの国に希望を持たせてくれるんだ。セコイことばかり言っていたのでは、ちっとも先へは進めないというわけだ。

あ、定吉、お前寝てやしなかったか、……聞いてたか?

定吉　聞いてましたけどね……アルプスてのは聞いたことがありますが、テンジンさまとか、ウインカーとか変な言葉がでてくると、わかるものも、わからなくなっちゃうんで……。

本を持ち出すと、聞き慣れない言葉が出てくる。わからない言葉はお経のようなもんで聞いていて眠くなるのは無理もない……。

定吉　親方もあれですかい、お経を聞いてると眠くなりますか?

そうだな、あたしもたいがいなものは辛抱するが、お経はわからねぇな。

定吉　そうですか、お経は静かーで、あの節は眠くなるようになってますから……でも、うなったりはしませんから……、文楽の「寝床」の義太夫を聞く身になってごらんなさい。ねむくなるのも悪気じゃありませんよ。

東北弁

えー、ところでですな、その文楽師匠は、東京生まれということになってまして、誰もうたがうものはございませんでした。なにしろ、落語でしゃべる江戸弁は板についてましたからな、たとえば、『富久』の籤に当たった幇間の火事見舞いとか、『鰻の幇間』など、噺の半ばで人間ががらっと変わる江戸弁、中でも哀愁に満ちた幇間の言葉なんてぇのはほれぼれするほどでした。

ところが、本当は青森県の五所川原の生まれだってんです。さあ何歳くらいまでそこへ居たんですかね、想像できませんね。

あたしゃあ、じつは東北弁てぇものが好きなんです。あたしの生まれが本州の西端だとすれば、青森は東の端ですから、それで憧れるんですかね。とにかく子どもの頃からずーっと聞いたことのない調子の言葉なんですね。あたしが東京へ出て参りましたのは戦後のことですが、そこでは東京生まれの人間ばかりが暮らしていると、まあそういう風に単純に考えていたんですな。で、そのう東京へでてきて小学校の先生てぇものをやってたわけです。国語の時間などは、全く弱りましたな、本を読んで聞かせるわけにはいきませんからね。ところが次第にわかってきたのは、東京に住んで居る人はみんな東京語というわけではないんですな。東京には全国からいろんな言葉を使う人が集まってきている、だから次第に標準的な言葉を使うようにはなりますが、本当はほとんどの人が母国語とでもいうものを持っています。あの無着成恭を見てごらんなさい、東京で、たまたまあたしも同じ学校にいたことがありますが、彼は山形弁のイントネーションで押し通していました。そして生来の山形弁で話すとき、実に心のこもった言葉として聞こえました。彼が指導した『山びこ学校』という作文集は、ベストセラーになりましたからな。国語の時間にあせっていたわたしには、いじけた気分があったんですが、生徒のだれも私の言葉をわらうものはありませんでした。

そのころ、小野才八郎っていう同僚がありました。ハンサムで本をよく読んでいて、青森県人で同郷の太宰治の解説なんか書いていました。その人の東北弁はすばらしい音として今も耳に残っています。うらやましいくらいですな、で、うらやましいからその人の言葉にけちをつけましてね、「言葉が変だよ」と言ってみました。彼はあたしが生まれてはじめてみる青森県人だったんです。すると彼も「お前の言葉も変だ」といいます。たとえ変でも、東京を中心にして、そのズレを考えたら青森弁の方がずれている、と考え、東京の人間に判定してもらいましたらね、どっちも同じくらい変わってるというんです。へえそんなものかな、と痛く反省しましたですな。

その後、さる出版社の若い女の人にあいました、その人の言葉がこれまたじつにすばらしい、で、青森ですかと聞いたら函館だ、ということでした。

思うに「あなたの言葉はすばらしく美しい、これから先、ずーっとその言葉で通したほうがいい」とまあ、お節介なことを言いました。心の底からそう思ったんですけどね、そのことを鶴見俊輔さんに話しましたら、「その人は、がっかりしているかもしれない、彼女は標準語を話しているつもりにちがいないんだ。あなたはイントネーションを美しいと感じたんだと思う、もしその子が、本当に青森弁で話したら、あなたには何のことかわからなかっただろう」というのでした。

それにしても東北弁はなんとも耳に美しいものでございますですな。

自尊心

それにくらべて、あたしの田舎の言葉はあまり感心しません。いやそんなことはない、津和野弁だって、立派な言葉だ、何を言ってるかってその話の中身が問題なのであって、言葉に上下のへだてはないと、そんな当たり前のことがわかるまでは、何年もかかりましたな。

それにしましてもあたしの津和野じゃあ「どうせ」という言葉を、どっちみち、いずれにしても、という意味を持って使います。東京でこれをつかうと、「どうせあたしなんざぁ」というぐあいに、ふてくされた意味がくっついてくる。「どうせあたしなんざぁ、いてもいなくても同じなんでしょうよ」というぐあいになるらしい。これは長いこと気がつきませんでしたな、注意されてなーるほど、と思ったことがあります。

「いいさ、あの子さえ幸せになれるンなら、あたしなんざぁどうなったっていいんだ」とね、あたしゃあ、昔からそう思って生きてきましたよ。ここで「どうせ」という言葉がはいっていないところが肝心で、かっこいいことを言ってるんじゃありませんよ、でもね「あたしなんざぁどうなったって」というのは口に出してはいけません、ふてくされているようにとられるおそれがある。だからこの台詞は思うだけで言わない、言わないうちが花ってぇのはこれですな。それが自尊心ってぇもんでしょうな。

定吉　そうおっしゃいますが、親方が「あたしなんざどうなったって」と口に出してるところを聞いてますよ。

なんだばか、だまってろ。冗談ならいうよそりゃあ、冗談で言ってるんだ、冗談ならちょっと言ってみたくなるじゃあないか……。

こないだも新聞の投書に、こういうのがありました。

「甲子園の高校野球選手権の人気が高くって、新聞やテレビで、連日報道され日本中が大騒ぎになっている。それはそれでめでたいが、一方には軟式野球のトーナメントというものもある。これも高校野球なのだがこちらの方は、報道されてもほんのお茶をにごす程度で、あまりにも差がありすぎる。同じ高校生が汗を流してスポーツをしてるんだから、こちらのほうにも報道の目を向けて励ましてやってもらいたい」とまあそういう意味の投書でしたな……そりゃあそうだ、硬式と軟式の違いは知りませんが、同じ高校生でも日の当たらないところでスポーツをやってる生徒があるとすりゃあ気の毒だ、義憤を感じると、あたしも昔しゃあそう思ってました……でも……このごろは少し考えが変わりました。「いーじゃぁねーか、テレビが取り上げなくったって、新聞がそっぽを向いてたって、……考えてもみねえ、新聞やテレビにのるために野球をやってんじゃあないだろう、好きでおもしろいからやってんだ、テレビや新聞で騒がれるためにやるんだったら、なんだか不純なものを感じやあしないだろうか。事実、野球留学といって、野球のうまい子を良い条件で入学させて選手を集める学校があるといいますが、ありゃあ不純です。その意味じゃあ、甲子園の派手な野球よりも、よっぽどきれいで純粋じゃあないか」とね、そう思うようになりましたな、そうはいっても、人が見向きもしないってのは寂しいかもしれません。自尊心ってぇのは、そういうときに自分を励ます……もう一人の自分を見つけることです。こりゃあ、野球だけじゃない、高校生の部活ってぇのは、絵だとか演芸だとか、落語研究会とかいろいろありますからな、考えて見りゃあ、全国高校野球という行事の方がむしろ本道を外れてるといっていいくらいです。まあこのう何をやりましても、「人が認めてくれるかどうかてぇことは関係ない……ぼくはやりたいからやってるんだ」という思いというか……そのう、自負心がなきゃあ、やってられません、そう考えるとこんどは、黙々とやってることのほうが楽しくなって参ります。ふてくされて言ってると思われちゃあ困りますよ。このことは歳をとって、やっとわかりかけてきたことなんですからな。

よーく考えて見るってぇと、自負心とひがみは背中合わせですな。同じ一つのことでも「人がどう思うだろうか……」とそればかり考えてるってぇと、ひがみっぽくなったり、その反対の自慢をしたりすることんなります。「人がどう思うか知らないが、関係ない……」と、自分の力で考えることができれば、それが、ひそかな「誇り」になるとおもいますな。

どうしても、そう思えないときは……「もう一人の自分」が考えてくれる、と思うことにしております。

こんなふうに、同じ一つのことでも、自慢にしたり、ひがみに思ったりする感覚なんてぇものは……やはり背中合わせでだれでも持っているものかも知れません。どうもあたしのこころの淵を覗いてみると、そうなってる気がします。これは本当に言いたくない恥ずかしいことですが、本当だからしかたがありません。

さらに申しますと、自分の心の中から、ひがみてぇものを、自分で削ぎ落としていく、たとえば禿げてたっていいじゃあねえかとね、誰も禿をわらっちゃあいない、色が黒くったっていいじゃあないか。そりゃあ色が黒いと思ってるか知らんが、そんなことを笑っちゃあいない。ひがみの種はあるけれどそれはそれでいいじゃあないか、と自分の力で思わなきゃしょうがない。「人が笑ってるんじゃないだろうか？」と思うのは、人ではなくて自分なんですからな、次々と、そのような、ひがみを削ぎ落としていくてぇと、最後に残るのが「誇り」なんです。

ほんとうのことを言いますと、自尊心とかプライドなんてぇ言葉も口にしないほうがいいかも知れない。なぜったって、わたしは東京に長く住んではいますが、出は田舎ですからな、そのわたしの津和野はいまここに書いているような話しっぷりじゃぁありません。津和野弁で話さずに落語言葉で書くってぇのは、変なことです。標準語で書きゃあそれでいい、わけです。でもこりゃあ、田舎弁をひがんでのことじゃぁありません。

あたしゃあ東京へ出てくる前から落語が好きでしてね、東京へ来てからは主に新宿の末広亭でしたが、よく通いましたな、そこで、すっかり落語にかぶれまして、とうとう落語の言葉でものを考えたりするようになりました。その好きな落語の言葉でしゃべるってぇと、どういうわけか、どんなことでもしゃべれて、楽しい世界へ入って行けるような気がするんですな、そこで田舎弁は、一時しまっといて、落語弁で考えようって思うんで、へぇ。

自慢

あのう、NHKFM放送に、「日曜喫茶室」ってぇ番組がありまして、その道の権威の方々がその喫茶店の客になっておいでです。マスターは、はかま満緒でこの人の誘導尋問がうまいですからな、客はぽろっと本音をしゃべっちまう。その話を聞きながら二時間ばかりを過ごそうってんで、あたしゃあその話を混ぜっ返す役回りでコーヒー店へたまに聞き耳をたてに行きましてね、普段は聞けない話を聞いてるんですが、いろいろ客のある中でですな、落語家の方はまちがいなくおもしろいですな。落語家が来て雰囲気がまずくなったってぇことはありません。なぜだろうと、考えてみますてぇと、この方達は自慢てぇものをしない。中にゃあ、酒なら一升飲んでも平気だなんか言って、自慢してるつもりの人もありますが、そんなのは自慢にならない、聞き流しておけばいいんですな。

自慢が混ざってくると、話がおもしろくなくなる、一口にいうと、自慢てぇのはその人、ご自身の価値観を披露してるようなところがあって、うらを返せば隙を見せてるようなもんですな、釣った魚の大きさを言い合ったり、碁仇が自慢し合ってるなんてぇのは格別気になりゃあしません。あれは本当の自慢じゃぁありません。

それから孫の自慢てぇのもありますな、「うちの孫は、肩ぁ叩いてくれる、あんな感心な子はみたことがねえ、ひょっとすると天才かもしれん」なんてね。まあ、孫が小さな手で肩をたたいてくれてごらんなさい。あんな小さな力でも肩こりに効くなんてぇもんじゃあないそうですな……あたしにも実は孫がありますが、この孫が新聞を丸めて刀に見たてたらしく、後ろから「エイッ」と斬りかかってですな、「おじいちゃん、いま斬ったんだから、死ななくちゃあダメ」というんで、ああそうか、と思って死んだふりをしますってぇと、刀なんぞほうりなげ、首っ玉へしがみついて絶叫するんです。「おじーちゃーん、しっかりしてー、死んじゃあいやだよー、大事なおじいちゃんなんだから、死んじゃあ、やだよー」ともう迫真の演技です。その子は女の子でちゃんばらをやるような子じゃぁありませんが、とにかく迫真の演技……。死んだ真似してるおじいちゃんに聞こえる台詞なんて、そりゃあ「全財産はこの子にやらなくっちゃあ」というような内容ですな……が、しばらくしておきあがると、また「ヤアッ！」と斬られる……するとまた死ぬ。また「おじーちゃーん、死んじゃあいやだーよー」とくるんですから、なんどでも死にます。でもヨーク考えて見るてぇと、斬られてるんですからな、殺しておいて、死んじゃあいやだ、というのはまあ、プラスマイナスゼロですが、孫にとっちゃあ真剣です。どこでそんな台詞を覚えてくるんですかね、テレビの見過ぎなんですかねェ……三つ四つの子どもはほんとに、大人の気がつかないことを、いつのまにか覚えています。こういう孫の話は一種の自慢で、のろけみたいなところがあります。

本当に、人間の子ってぇものは、なんでもまねして覚えるもんで、こないだ聞いた話なんですがね、あるおばあちゃんがいましてね、ため息をついてるんですねぇ。なんでもそのおばあちゃんが扇風機を消すときは、立ったまま、足の先でスイッチを切ってたんだそうですよ、ところがそこの家にゃ、まだ這いはいしてる赤ちゃんがいましてね、その赤ちゃんが扇風機の方へ這っていったかとおもうと、くるりとむきを変えまして、足の先で扇風機のスイッチを押そうとするんだってんですよ。この話にはまったく感動しましたな。

下中邦彦といって、平凡社の社長で、いまは惜しくも亡くなりましたが、なにしろ百科事典を発刊した出版社の社長で、いわゆる自慢をするような人じゃぁありませんでした。ところが、孫ができまして、すっかり人間が変わりましたな、孫がかわいくて、手放せない、とうとう孫の手をひいて会社に出勤するんで、下のものがいろんなことを言ってからかいます。「えー、孫のかわいいのは、わかりますが、会社にまでつれてくるってぇのは、いかがなものでしょうな」と進言するんですが、聞く耳をもたない。しまいには、孫をもっと作ってくれ、なんていいましてな、まだ結婚してないお嬢さんに「ことの委細はかまわないから、とにかく子どもだけ作ってこい」なんて言い出すんで、しまつが悪い。ある日、ポケットからなにやらカードを出してきましてな……「えー、これね、最近の孫だけどね見てくれ」なんか言いましてな、見ればテレホンカードに作ってる、「どう？ 要る？」なんてぇますから、「じゃあ一枚」……「一枚なんてけちなことを言わないでよ、これは庭に水ぅまいてるところだ、場面がちがうから、これも上げるよ」ってんでね。あたしゃあ、もらいました。

で、まあ、こういった自慢はもう黙ってきいてるよりしかたがない。自慢というよりのろけの一種ですな、これを笑うってぇと、明日は我が身ですから、しかたがありません。でも経験者は言います「いまのうちだよ、たしかに今は天使だ、さあねぇあと五、六年たつってぇと、天使じゃあなくなるんだよ」とケチをつけます。誰もが、自分の子や孫のことを、一度は天才かもしれんと思うそうですからな……、

こないだも、結婚したばかりの娘さんが来てぼやくことぼやくこと、どうしたいと

聞けば、「ほんとに厭んなっちゃう、あの人ったら、朝はいくらおこしても起きてこないいし、靴下は履いたまま寝るし、ズボンだって自分ではかないんだから、いちいち着せ換えてやらなきゃならない、全くもう……」「まあいいじゃあねえか、なあ、腹も立とうが辛抱しなよ、家へ帰ってくりゃあいいほうだよ」てなもんでね、こりゃあ自慢じゃあないんだから、大人の義務として聞いてやらなきゃならない「そんなに手のかかる男とは別れっちまえ」なんか言ったらおしまいです。

どういうわけでしょうな、あたしゃあ、こういうとき「過ぎし日露のたたかいにー、勇士の骨を埋めたる……」とかいう古い歌を思い出しますな、あ、こりゃあ関係ありません。歌にしても古すぎますからな……今時こんな歌を知ってるものはありゃあしません。

落語家は、こういうほほえましい話もしない、……自慢てぇものはまるきりしない。……あたしなんざ修行がたりないから、ポロッと自慢かのろけがでてしまいますが、自慢が混ざってくると話がとたんにおもしろくなくなるもんでございますな……。

このあいだもラジオでのエッセイを聞いていましたら、「ケンブリッジ大学の卒業式を見た、立派な制服で粛々とそれは行われ、実に美しかった」とまあそういうんですな。そうだろう、博士が着るようなガウンかなんかに身をつつんで、もうそれは学士さまなんだ、そこまでの情景描写は実に名文なのでしたが最後に、「わたしの子もその中にいた」というんです。ああ、惜しいなあとおもった。そのように言いたい気持ちは痛いほどわかるが、その一言でエッセイがエッセイでなくなってしまう。ポロッとこぼれるところをよほど警戒しなくっちゃあいけません。

はやい話が「肌がきれい」だと言われたとしてもですね、「歳の割には」という意味をとばしてポロッと口にしちゃあいけないんです。

あのう選挙に立候補した人の演説は例外なくおもしろくない。聞く気になれないですな、……なぜかと言いますとあれは終始自慢ですから、自慢の固まりですからな、自分はどういう立派な人間で、これこれの業績がある、なんてぇことをしゃべる、しかも自分の口から言うんですから、これがいい感じで聞こえるわけがないんで……、立候補者の場合は第三者がほめても、あまりおもしろくない、……立候補者の演説もそうですが、このごろテレビでやってる商品の宣伝口上もほとんど自画自賛でもっとひどいです。おまけに「ウワアー」とか「キャー安ーイ」などと合いの手が入るのだから聞き苦しくって……自分でほめてるんだから世話ぁねえや、ということになります。なかには競争相手の悪口をいうものまでありますからな。……テレビコマーシャルもそろそろ演出のしかたを変えないと飽きられてしまうと思いますよ。まあね、民放の場合は、ただで放送してんだから、どんなに自慢したっていいんですね。受信料の代りに経費は商品に上のせしてるんですからな。ただほど高いものはないんで……いいかえればのろけをがまんして聞いてるみたいなもんです。

えーあたしが落語に憧れて、落語の言葉でものを考えるようになったのは、そういうわけなんです。……落語の言葉でしゃべって、どさくさまぎれに、人に気づかれないように自慢を言っちまおうってぇ寸法なんで、だってだれでも……本当は自慢がしたいんですからな……。

日本橋から銀座へ

と、こうするうちに日本橋にさしかかりますな、ちょうど、千疋屋総本店の改装工事がはじまっておりまして、目隠しの塀に『江戸日本橋絵巻』という絵が描かれていました。作者の絵師・菊池ひと美さんによると、「『熈代勝覧』（「日本橋繁盛絵巻」ベルリン東洋美術館蔵）を参考にし江戸後期・文化年代当時の様子をそのまま描いております」ということです。

この絵によりますてぇと、橋の上は馬や人が通り、橋の下には米や野菜をのせた船が上り下りし、表通りの店にはいろんなものが並べられているかとおもうと二階ではお座敷がかかり、三味線を弾く人、うなる人というようなわけで、大変な賑わいです。

ここでは、そのほかどんなものが描いてあったか、メモしてみました、いろいろ想像をめぐらすと、当時のようすがしのばれるだろうと思うのです。

橋のたもとには怪しげな坊さんが、なんだか妙なお守りらしいものを売っておりまして、それから竹屋が通る、飴屋が通る、虚無僧が通る、金山寺味噌売りがとおる、飛脚が行く、あんまに、おこそ頭巾の女性に丁稚をつれた旦那、それに若旦那と幇間、寺子屋帰りの子どもたちが行くという具合で落語の世界がそのまま生きて動いております。

通行人はこれだけではありません、見えたものをできるだけ書いてみますと、刃物の研ぎ屋、煙管屋、屋台の茶店、餅屋、お女中、しゃぼんだま売り、賃餅つき、野菜売り、虚無僧、鍋のつる売り、お侍、旅人、托鉢僧、小間物屋、大工、貸本屋、造花売り、芸者、なにしろ、鍋のつる（取っ手）だけを売って歩くてんですから気が遠くなりますですな。

それから、店構えもたいしたもんです。薬種問屋、傘雪駄問屋、かまぼこ店、灯油合羽店、呉服店越後屋、算盤屋、本屋、結納屋、菓子屋、酒屋、魚市場、墨硯などが見えています。

やはり日本橋界隈は都の中心だったとみえて、広重の東海道五十三次は「日本橋」が振り出しです。

この「日本橋」の絵はよくできていますな、およそ橋てぇものは、虹みたいに横から描くのならいいのですが、正面からは描きにくいものです、殿様の行列の人物や毛槍などが、次第にせりあがってきまして、橋の曲線や大きさを暗示させてくれます。ところで、この絵をよく見ますてぇと、ほかに高札、魚屋などが見えますな、そのころは魚市場が日本橋にあったらしく、いまは、「ここに魚市場があった」という意味の碑が建っているだけになりました。

あたしは田舎におりましても、この日本橋の絵葉書をよーく覚えております。あたしが東京へ出て来たのは戦後ではありましたが、その雰囲気は絵葉書とあまり変わっていませんでした。ところが、首都高速道路ができてから、このあたりの様子はすっかり変わりましたですな、首都高はとにかく川の上を道にしたんですから……。

現在の日本橋は一九一一年にできたんだそうで、この橋の「日本橋」「にほんばし」の文字は最後の将軍徳川慶喜の揮毫だということです。なにしろ、五十三次の振り出しになるてぇくらいのものですから……。

この橋の真ん中が東京市道路元標ということんなってましたが、この橋の上を首都高が走るようになり、日本橋の存在感が薄くなりまして、それで、問題の道路元標も、今では橋のそばに少し動かされております。そばに里程標が刻んであります。（この元点をもとにした各地までの距離）それをもとにして各地のお互いの距離などを計ってきめたらしいですが、たとえば東京から青森までは七三六㌖、札幌までは一一五六㌖、下関までは一〇七六㌖、鹿児島までは一四九六㌖、京都までは五〇三㌖、大阪までは五五〇㌖、名古屋までは一三一㌖ということになっていました。

先に書いた小野才八郎の東京から青森までと、あたしの津和野とでは、津和野のほうが、ざっと三〇〇㌖ほど遠いということになります。

日本橋を渡ると、三越デパートをはじめ、古くからあるお店が今も健在です。

このあたり（日本橋の堀留町）で生まれ、悪ガキの時代を過ごした人の思いで話が残ってます。

「あの頃も塾なんてあったけど、まめに通ってる奴は居なかったなあ、なにしろ小学校一年生から六年位のまでが三四十人も集って、メンコやベーゴマ、ゴムボール野球や駆逐戦艦なんてのをやってた、これが面白くて勉強なんてやってらんない。雨が降るとデパートめぐりなんて手を考えた。いや別に買い物に行くわけじゃない。デパートの中を遊び場にするだけだ。

洋服売り場で鬼ゴッゴなんかやっちゃうわけだが、デパートでは困っていたろうなあ。

町内から三越まで歩いて十分とかからないから時には大挙して押しかけることもあったが、気の合った四五人の悪仲間といくのが一番愉快だった。三越のブロンズのライオンにまたがったり、エスカレーターを逆さに昇り降りするのを競ったりした。オモチャ売り場でさんざんいろいろなものをいじくり廻して、これがあきると外へ出て刃物ばっかり扱ってた木屋へ行って、ドキドキする様なジャックナイフを見る、のりの山本の前を通って日本橋を渡って白木屋へ場所をかえる。

いまは高速道路の下になっちゃって見るかげもないが、ブロンズのキリンはすごく立派に見えた。橋の欄干の上をゴム靴で歩いてキリンのまわりをひとめぐりなんて芸当も平気でやってた。

橋のたもとの交番のお巡りと眼を合せないようにして、フトンの西川の前を通って白木屋へ、今は東急になってるが、白木屋も面白かった、屋上のお稲荷さんの賽銭を

盗んでパチンコをやったり、池の鯉をわしづかみにする競争をしたりもした。」（『東京百話・地の巻』ちくま文庫）

まあ、どうしょうもない悪ガキたちじゃあねえか。あれから高島屋までも遠征してな、そこの屋上のブロンズの駝鳥が遊具だったらしく、金をはらったのかどうか、これまた存分に遊んだというんだ。

あのあたりの様子は、いまもあまり変わらないし、交番前には柳の大木が一本あって、日本情緒をとどめてまして、交番の前に人力車が止まっていてもおかしくないほどの風景ですな。

定吉　それにしても親方、がき共は困ったもんですね。

そうさなぁ、そのガキはだれだと思うかい？　これだけは誰にも言うなよ、あのガキが後の東京都知事になった青島幸男ってぇわけだ。

定吉　いまの石原都知事を見習えってんですよ。

ばかなこと言っちゃあいけないよ、あの人もガキの頃は似たようなもんだ。

えーっと、話は日本橋にさしかかります。で、ううん、昭和四十五年には都電が走っていたかどうか、突然こんなことを言いだすと、だれもすぐにはわからんでしょうが、日本橋の丸善がやはり修復工事をしていて、そこの工事場の塀に昔の写真がかかってました。それによると、なんと四十五年には都電が走ってたんですな。

もっと前、三十年代には京橋から銀座へ歩道にそって、露店がずらりと並んでました。いやもっと日本橋側、新橋にかけても露店はのびていたかもしれない。それはいろんな店がありましたが、鞄専門の店、ネッカチーフの店、ベルトや財布ばかりの店、反物洋服生地、飾りの小物、細工物、がらくたの骨董屋、土産物、食べ物屋はあまり無かったように思いますが、それでも大福や安倍川餅、せんべい、栗なんてぇのは今でも、銀座の路地裏あたりに名残をとどめてます。これらの店は露天商とは言っても、東京のどこかに店を持っていて、かなり遠くから、リヤカーに商品を乗せて運んできて、夕暮れ時になるってぇと、店をあけたらしいですな。銀座通りに、露天の店が一せいに路上駐車をしたと思えばわかりいい。都電は駐車で狭くなった道を行き来していたってぇことんなります。そこで歩道を通る人が滅多に買いもしないのにいろいろな露店をのぞいて歩く、つまりひやかして歩く、これが本当の銀ブラってぇもんじゃないかと思うんですけどね……。

美濃部都知事のころだったと思いますが、都電が無くなった、自動車が増えたってぇこともあって、次第しだいに都会の表情が変わってきました、そのころ露店は一せいに禁止ということになり、歩行者天国というものができました、あの銀座通りを一定の時間を区切って車を入れなくする。歩行者はたてよこななめ自由に通りを歩いていい、車や信号に悩まされていた普段とくらべたらまるで天国というわけです。道の真ん中で弁当をひらく人があるかと思うと、バレーボールを持ち出して遊ぶ人がある。はじめのうちは銀座で花見をしているような調子でしたが、それも次第に飽きてきたのか、銀座の店が閉まっているのに、歩行者天国といってみてもどうもピンとこない感じになってきました。銀座の夕方から夜にかけての人通りもめっきり減って寂しくなったですな。だから歩行者天国をやるんなら露天商を復活させて市場にしたらいいんじゃないかと思うんですが、そりゃあとても無理なんだそうですね。

護持院ヶ原

ところで、「護持院ヶ原」ってぇ名前を聞いたこともおありだと思いますが、ずいぶん昔、護持院という寺があって、なんでもそれが引っ越していったかどうかして寺の、泉水などのある広っぱが残ったんだそうですな。それで、まあ寂しいところではありますが、景色がおもしろいってんで見物にいく人があったりしたんだそうで、あたしは、森鷗外の『護持院原の敵討』という小説を読みましてですな。さてどういうところかなと調べておりましたところ、それがいまでいうと神田錦町から一ツ橋の「橋」の間あたりらしいですな。今じゃあビルがいっぱい建っていまして原っぱという感じはどこにもありませんが、たまたま読んだ森本哲郎という方の本『懐かしい「東京」を歩く』（PHP研究所）にも、この敵討ちのことが出ていまして、しかも護持院の跡という石碑の写真が載ってました。あたしはなんだか、鷗外の作品が事実になったような錯覚を起こしてうれしくなりました。こんど行ってみようと思っております。

小さんの演じた『首提灯』や志ん生の『猫の皿』という話のまくらに試し斬りのことがでてきます。

山本「おう近藤氏、拙者このほど新刀をもとめたによって、どこぞで試し斬りを致したい。何かいいものは、ござらぬかのォ」

近藤「さればじゃ、あの大橋のわきに、いつも乞食が寝ておる、あの乞食を斬ってみたらどうじゃ」

山本「ウン、なるほど……。では早速こんばん、斬って参ろう」てンで、その晩、橋んところへ行きましてな、菰ォかぶって寝ている乞食を、菰のうえからスパッということンなるんですが、その近藤氏もまねをしたりしまして、

乞食「おう、痛いジャァねえか。毎晩来てひっぱたくのは、おめえかッ」

という条（くだ）りがあって、多少は救われますが。

ところで、この護持院ヶ原がその試し斬りの場所らしいてぇことになっています。いま考えて見るってぇと、まさか本当にそんなことはすまいと思っていましたが、いまでも心がけの悪い中学生あたりが、おもちゃの鉄砲で浮浪者を撃ったりして、いやとうとう本当に殺してしまった例もあります。試し斬りなんてのも昔は実際にあったんですな。小説じゃあなくってものの本（見聞録など）に残っています。こういう話を聞くと、あたしゃ腹がたってきます。封建時代は、士農工商とかいって身分制度がはっきりしていて、お侍は、町人を斬っても許されたといいます。斬られた者の身になってごらんなさい。町人にも親兄弟があります。まさか殺されてるとは思わずに、今日はばかに帰りが遅いなとかいって仲良く暮らしているのに、仮に働き手を一人でも失ったりしたらどうするんですか。「身分のちがいがある」という世界で考えると、

そんな思いやりなんてぇものは、はじめからなかったんでしょうかね。このごろの戦争もそうです。完全武装の兵隊が、丸腰の女子どもや一般人をわけもなく撃つってぇことをやってます。テロのおそれがあるというんですが、あれは非情ですなぁ。だから落語の『たがや』で、両国の花火の最中にお侍と桶屋がけんかになったとき、だれひとり、お侍の肩をもつものはいないじゃぁありませんか……。

ところで、鷗外の『護持院原の敵討』というのは、おもしろい話です。仇を討つために亀蔵という男をあちこち探し歩く、西へ行った、東へ向かった、と、風の噂を頼りに、東奔西走します。そういった、文章の骨組みだけで、飾りとでもいうものがない、ただそれだけの話ですが、これが読み出すとやめられないから不思議です。

そうして護持院ヶ原の薄暗がりで、ようやく本懐を遂げるんですが。どうか本を探してぜひ読んで見てください。

愛染かつら

定吉ぃ、あのねぇ新宿の中村屋へ行くってぇと、あそこの湯飲みに字がかいてあるのをみることがあるでしょ。なに？　行ったことがない？　そうか、こんど連れて行ってやろう……最近はあたしも見てないな。今はどうなってるかわからないけど、あの字は、会津八一という人が書いた字がもとんなってる。学者で、歌がいい、おおかで格調が高い。その書がまたいいのでだれでもほしがるな。……あたしの友人に本物をもってる木村という男がいてさ、いまにうまく騙して、手に入れようと思っていたんだがね。先年、惜しいことに亡くなっちゃったんだよ。惜しいなあ、もう少しのところで「あんたにあげてもいいよ」と、言いそうだったんだがな。まあそれはあきらめるとして、会津八一の、いまでも覚えている歌がある。

おほてらのまろきはしらのつきかげをつちにふみつつものをこそおもへ

ってんだ。みんなひらかなで書いてあるから解釈は読む人まかせだが、このうろ覚えにまちがいがなければ、

大寺の丸き柱の月影を土に踏みつつものをこそ思へ

というんだろう……きっと、あたしとしてはそうこなくっちゃいけないわけがあるんだ。

定吉　少し目がうるんできましたね。

え？　あたしの目がうるんでるか、疲れ目だな。

定吉　いいえ、あたしの目がうるんできたっていってるんです。

はは あ、感じやすいんだな、むりもない若いからな。ものをこそ思えたって、幾何の問題を考えろ、なんていってるんじゃあない。目がうるむほどのことを思えってんだよな。

定吉　それで、どうしました。

あのな、歌の通りなんだ。あたしと、その人とが京都の大きいお寺へ行った。その人ってぇのは琵琶の有名な演奏家だ。仕事でね、まあそうだよ、仕事でもなけりゃ、あんなに若くてきれいな娘さんと大寺の中を歩くなんてぇことはないさ。

誰かって？　その女の方は田中といった、絹代じゃあないよ、名字は同じだが名前は違うから、かつ枝さんということにしておこう。この歌は唐招提寺でつくられたらしいがこの場合大寺は南禅寺だ、秋も深く肌寒い日だったな。朝の早い時分だったから、つきかげを、といったって、それは無理なんだが。朝日の影がくっきりしてるので、まあ似たようなもんだ。と、そのかつ枝さんがな、

「あなた、この柱に手を当ててるとあったかいですよ」

っていうんだ。そこに暖かい日が当たっててな、冷たい朝なのにまろき柱だけが僅かにあたたかい。

定吉 あなた、って呼ばれたんですか？

いや、まてよ、あなたとは言わなかったな。センセこの柱、暖かいです、とかなんとか言った。でもいいじゃないかそんな細かいところまで思い出すことはむつかしいよ。

定吉 はい、黙って聞きます。

そしてなあ、あの寺のまろき柱はでかい。もとはどんな大木だったろうと思った。それをどうやって削ったのか運んだのか建てたのか、ともかく、見上げるほどのまろき柱になってるんだ。あたしたち二人はな、その柱に手を当ててしばらく、暖めていたな、するとふしぎなことに手だけではないよ、心の中まで暖まってくるてぇやつだ。あたしゃ、「かつ枝さん」と言った、「この木は桂の木でなくちゃあならない、桂の木には霊験があって、手を当てて祈れば願いがかなうという言い伝えがあるのです」と言ってしまった。言わなきゃよかったな。……本人はきょとんとしてたが、付き人ってぇ邪魔者が見張っててな。

「センセ、何を言ってらっしゃるか。わたしはわかりますよ、わたしの大事な方をた

おほ
てらの
まろきはしらの

ぶらかさないで下さいよ」

なんて水をさすじゃあないか。「ああ、そうかね、わかるかね、この言い伝えがわかる人は、完全に明治生まれの人だ」とそういってやった。そりゃあ嫌味だよ。はっきり言うとな、だまってろ、と言う意味だ。

話はかわるが、津村浩三てぇお医者さんがいたと思いねえ。その人が同じ病院の高石かつ枝という看護婦さんに……まあ思いを寄せるな。そこで、さる境内の桂の大木に手ぇ置いて「願いをかけてください」なんかいうんだ。あたしが言ってるのは南禅寺で京都だが、あの二人が手を置くのはたしか、東京の上野あたりだ。かつ枝はためらう、ためらうが手を置いて瞑目（めいもく）するな、さあたいへんだ。神木だか、まろき柱だかしらないが祈ってしまった。祈った以上は、それに背くと祟りがある。「あなた、今なんて祈ったの」とその娘さんに聞いたら、ぽッと頰を赤らめるじゃあないか。なにも言いはしなかったがな。……詮索するのはよすが、桂の木に願いをかけた二人は、まあ夢を見ることになりますな。

桂の大木の由来は『愛染かつら』、川口松太郎作で映画になり、昔、一世を風靡（ふうび）した。それがもとになってることを、あの付き人は知ってやがる。だからやりにくいんだ。『愛染かつら』のヒロイン高石かつ枝には、隠していたが一人の女の子がある。

津村先生は、そのことを承知の上だ。また病院を継がねばならぬ立場でもある。そのために京都大学の研究室へもう一度勉強に行く必要がある。いやだ……今のままでいい、別れて暮らすほどなら、病院なんか継がなくていい、なんて思うな。詳しいことは忘れたが、二人はひそかに京都旅行を約束し、新橋の駅で落ち合うことにする。いいかね、あたしたちはとっくに京都にきてるんだ。ここはだいじなところだよ。ところがかつ枝は運わるく当日の朝、娘が麻疹で高熱を出した。そこで、娘をとりあえず姉の家に預けてから、急いで新橋にかけつけ、京都へ行かれなくなったことを伝えて、すぐ引き返そうという寸法だが、とんだ計算違いで予定は狂い、時間は刻々すぎる、浩三は新橋のホームで待つんだが、かつ枝はなかなかこない、映画では浩三とかつ枝を交互に映して二人の間の距離は縮まりつつあることを知らせてはくれるが、いかんせん時間を止めることはできない。かつ枝の乗ったタクシーがやっと駅頭に着くや発車のベルが鳴り始めます。ホームの階段をかけのぼります。汽車はごっとんと動きはじめます。ホームからみると、かつ枝の頭、必死の顔、ときめく胸という順に映し出します。かつ枝が必死の思いでホームに走り込んだのと、京都行きの列車がガタンとうごきだしたのが同時だ、もう飛び乗ることもできない。かつ枝は「こうぞうさまー」と絶叫しながら列車を追いかけるが、浩三の耳には届かず、かつ枝がこなかった理由もわからないわけだ。ただな定吉、「こうぞうさまー」てぇのはいかがなものかと、ちょっと思ったな。いうなれば「津村せんせー」とか何とか絶叫するところだろ？　な、呼び方一つで……わけありってぇことになるから用心しなくっちゃあいけねえぜ……。

ところで、あたしが言いたいのは本当はそんなことではなくて、あの小説が書かれ、映画ができたころは、新橋の駅は高架線ではなかったということだ。つまり、あたしの思い違いだ。かつ枝は切符を買うやいなや、目の前の改札を駆け抜け、すぐにプラットホームに出る。でも、発車に間に合わなかったのは同じです。そこで、うろ覚えだが「やさし、かの君、ただ一人、発たせまつりし旅の空、……」と歌う主題歌がはいるってぇことになるな……。

携帯電話があればよかったのにな、あのころはそれが無かった。携帯さえあれば、あたしも悲しい思いをする必要はなかったんだ。手紙が届いた。なんでも湖のそばのある温泉に療養に行ってて、そこで投函したんだな。あのときかつ枝さんはホームで転んだか突き飛ばされたかして、胸のあたりを打ったらしい。「胸の痛みに耐えかねて、湖畔の宿に一人できています」な、一人だって断ってある。だから寂しいから、つれづれなるままに、ってんだ、トランプ占いなどをしています、か。……青いクイーンが出て悲しいです。というんだけど、意味がわからんな。わかるかね？

定吉　トランプの一人占いでしょ。青いクイーンがでると不吉てぇことになってるんですか？

まあ、そんなところだろうな。えーと、「ランプの明かりを頼りに書いてます」か、ははあ山の温泉だから、まだ電気が通じてないんだな。そんなところへ一人で行って大丈夫かねえ。ちょっとあたしに声をかけてくれればいいのにね。なになに？「書いたり消したりして書いてます」ってぇのか。携帯かパソコンならいいけど、でもな電気の来てないところでは、かいたり消したりしなきゃあならないか。「ああ」……か、おい「ああ」ときたよ、ただごとじゃあないよ。「昨日の夢と焚き捨てる古い手紙のうす煙」ってんだ。「あの山のすがたも湖水の水も静かに静かに黄昏れていく」とあるぞ。そうだろうな、この人の手紙はなんとも心をくすぐるじゃあないか。返事を書こうと思うが、湖畔の宿にて、とあるだけで郵便番号も宛名もないから書けない……。まろきはしらのつきかげを、土にふみつつものをこそおもへ、なんて書いてだすのにな。

定吉　まあ、どうでもいいですけどね、その手紙は親方んところへ来たんじゃあないでしょう？

そうだったかな。どうも話がこんがらかってきたな。ともかく、いわんこっちゃないんだ。お前ぃたちも注意しろよ、転んで胸を打ったりしちゃあだめだよ。それに桂の木なんぞでうっかりしたことを祈るもんじゃあねえ。

定吉　桂の木は見たことがないです。

ああそうか、あのう、版画のね、版木などになって売ってるよ。あの板を、祈りに使っても少しは効き目があるかもしらんが、まあ祈ったり誓ったりしないほうがいいな。

定吉　で、その邦楽の方はどうなりました。

その後、消息がわかったよ。なんでも、さるお寺の住職にみ染められてな。それでお嫁に行ったらしい。なんとも賢くって、今時珍しい娘さんだったからな。その後二人も子どもができてしあわせに暮らしているってぇはなしだ。考えてもみねえ、あの南禅寺のでっかい柱に手を添えて祈ったのが、むだにはならなかったってぇ話になるじゃぁねえか。

恋文

年をとりますてぇと、もの忘れがひどくなるっていうが、あれは本当ですな。なにしろ頭ン中のそのう、ものを覚える仕掛けが、壊れていくんだそうで……、あたしなんざあ、このごろ物忘れがひどくなって、読んだことと自分のことが、こんがらかってきたような気がします。……さっきも人がきたから、誰だったかなと思い出そうとしますが、どうしても名前が出てこない。顔はわかるんですけどな、はてな、しばらくですなァ、とかなんとか言いながら名前の出てくるのを待つんですが、どうしてもでてこない。ほとんど志ん朝と同じですな。「どなたさんでしたかな」「ばか、お前の親父だ！」ってなもんで。……どうも名前が出てこないと、うまくないですな……。

ついこないだのことですが、テレビをつけていましたら、驚きましたねえ、懐かしい顔が出てきましてね。あの顔はどうして、忘れようとしても忘れられるもんじゃありません。あ、あの娘はまだ生きてたか、ああ、無事でよかった、と思ったけど名前が出てこない。名前はわからないが顔はわかるてぇことはあるでしょう？

あれは戦争中のことでした。さあ空襲だってんでサイレンがなり響きます、つまり敵の飛行機が飛んでくる。爆弾だの焼夷弾だのを落としますから、命が危ない。だから早いもん勝ちに防空壕という穴倉い逃げ込みました。……ここは俺んちの防空壕だから入らないでくれなんて言ってるひまはない。穴さえあれば、どこでも逃げ込みました。こっちからも戦闘機かなんか出てって迎え撃てばいいと思うでしょうが、我が方の飛行機はもう一機もない。制空権とかいいましたな、空を自由に飛んで爆弾を落としても、下から高射砲の弾が飛んでくる心配さえない。だからあたしどもは、穴ン中へ逃げ込むしかなかったんですな。もう、そりゃあぎゅうぎゅう詰めでしてね。ええ、そんとき、あたしの背中にしがみついてる娘さんがいる。……それで心配しなさんな俺がついてらあ、なんか立派なことを言いましてね。そうこうするうちに飛行機がどこかへ行って、あたしどもは穴倉から出ました。その娘さんが、「助かりました、あなた様のおかげです、せめてお名前だけでも」って言う、ほんとうは防空壕の持ち主のおかげなんですからな。「あたしゃあ、名乗るほどのものではありません、その橋んところまで送りましょう、気ぃつけてお帰んなさい。縁があったら、また会いましょう」とね、「君の名は?」とかなんとか言やぁよかったんですがね。名前も聞かず名乗りもせず、別れたんでしたが、驚いたことに、そのときのきれいな娘さんが

「N響アワー」とかいう番組でしゃべってるじゃぁありませんか。それで、急いでNHKにいる教え子に聞いてもらいましたら、「わたしは防空壕をしりません、わたしはまだ生まれていないころの話でしょう」といわれたてんです。名前だけはわかりました。阿川ふみといって、どこかで聞いたことがあるような気がします。それにしても冷たいですねえ、このごろの女の子は、知っていても知らないふりをするんですかねぇ。

定吉！　お前……さっきからにやにやして聞いてるが、なにがおかしいんだ。

定吉　なんだか映画みたいな話ですね。

映画だと、じゃあなにかい、あたしが、映画にヒントをもらって自分のことのように話してるってぇのか。

定吉　そういうわけじゃあないけど、『君の名は』だったか『哀愁』だったか、よく似た話があるもんだなと、そう思いまして……。

ばかもん、戦争中はな、似た話がいくらでもあるもんなんだ。お前なんざあ手紙てえものを、もらったことはあるめぇ、ないからそういうのんきなことを言ってるんだ。

定吉　………。

え？　ある？　……おい、ただの手紙じゃあないぞ。いま言ってるなあ、恋文と言ってな、誰でももらえる手紙とは違うもんなんだぞ。ええ？

定吉　それをもらったんで。

ええ？　お前がか？　へー、世の中にゃあもの好きもあるもんだなあ。お前、本当のことを言わなきゃいけないよ。つまらんところで見栄をはってさ、後で、みっともないことになっちまったら、このあたしまで恥ずかしいからな。

定吉　それがもらったんで。

ふーむ、その口っぷりからするとどうも、本当のようだな。まさか、「湖畔の宿に一人できています」なんてぇんじゃあないだろうな。で、いつのことなんだ、切手がはってあったか？

定吉　いいえ、もう三年ばかりたちます。あたしゃあ物忘れがひどかぁありません。あれは、バスから降りるときでした。これを持って帰って読んでね、って、言われまして、だから切手は貼ってありませんでした。

うーむっ、そうか、お前、宛名が、そのうちゃんと書いてあったか？　「定吉さまへ」とかなんとか、その宛名がもんだいだぞ。

定吉　へぇ、定吉とはありませんでしたが「御許へ」とか、書いてありました。「御許し」という意味でしょうか、あれは何と読みますか……。

何と読みますか？　だと、お前ィあれはな、「みもとへ」と読む、「おんもと」と読む人もあるけどな、あなたのもとへという意味で恋文の、まあ慣用句だ。ふつうの手紙には、今はあまり使われないな。うーむ、嘘じゃあなさそうだな。「御許に」か、こりゃあ大変だ、それから何とかいてあった？

定吉　はあ、親方の前ですけど、こればかりは言えません。わたしゃあ、金輪際言うまい、と誓ったんですから。

いいじゃあねえか、誰から来たか、ときいてるんじゃあないぞ。どういうことが書いてあったか、と聞いてるだけだ。そりゃあお前……お前んところへくる恋文だと、どういうことが書いてあるか、興味があるじゃあねえか。それにな、あたしゃあね、お前のお父つぁんから、大事な息子としてのお前を預かってるんだ。お前の身にもしものことがあってみろ、あたしゃあ、お前のお父つぁんに申しひらきがたたねえ。

定吉　じゃあ、ホンの、覚えてるところだけいいます。「つきがかがみであったなら、よごとうつして、みようもの……」あ、親方！　親方！　どーなさいました。ちょっとまってくれぇ！　なんだか息苦しくなってきた……それからどうした。

定吉　もう、言えません。

あたしゃあね、お前のお父つぁんから、お前を預かってるんだ。お前の身にもしものことがあったら、……。

定吉　もしもの事なんかありません。

そんなことがわかるもんか。この道ばかりは別なんだ。あたしにも覚えがあるから……いいか……お前のためを思って言ってるんだ。

定吉　あなたがなくては、生きていけません……って。

お、お、おい水を持ってきてくれ、く、苦しい、早くしろ……。

定吉　はい水です。

うん、ありがとう、で、そりゃあ困っただろうな。

定吉　だって、死なれたら、わたしは殺人犯になりますから。

だ、大丈夫だ死にゃあしねえ、殺人犯にもならねえ。

定吉　そんなこと、ど、どうしてわかるんですか、もしものことがあったらわたしゃあ、どうすりゃあいいんで……。

ああ、そうか、でも大丈夫だ、心配するな、いいか、もしものことがあったらな、このあたしがついてる。……いいな……ところでバスの中でもらったといったな……。

定吉　くわしくいうと、バスから、最後に降りたのはわたしで、わたしより一つ前に降りたその人が、バスが出るまえに……さっと渡してくれて、あれ？　とおもってるうちに、その人はバスに乗って行ってしまいました。

なーるほど、やるもんだな。……するてぇと、何かい、そのお方は、バスガールか？

定吉　そこから先は言えません。ただ、年上の人だとは思いました。

そうか……うーむ……でもお前、そのとき初めて会ったわけじゃぁあるめぇ。

定吉　さー、はじめてのような気もしますし、はじめてでないような気もしまして。

おい、しっかりしろよ、な、……それからどうした？

定吉　この手紙を読んだら、焼いてくださいと書いてあったので、……練炭火鉢の穴の中へ、一枚ずつ手紙を丸めて入れました。するとパーッと炎が出てきまして、まあ、よく燃えました。それっきりで、このことは、きざな言い方ですけど、煙のように消えました。わたしはそれでよかったんだと思っています。消えたんだから、何事もなかったこととおなじです、だから、あの人にも、だれにも迷惑はかけねえ。

そうか、うーむ、お前もなかなかやるな。粋がってるところも少しあるみてぇだが……殊勝なことを言うな。……ところで、なにか思い当たること、つまり、そのう……手紙をだ、もらう羽目になった、原因というか、なにかそのう糸口みてぇなものはないか？

定吉　じつは、その後、いちどだけバスであいましたので「焼きました」と一言だけ伝えました。

うーむ、なかなかやる。お前は見所があるぞ。あたしにはわからなかったが、その娘さんはその見所ってぇものを、ちゃんと見ていて、それで「つきがかがみであったなら、よごとうつして、みようもの」ってぇことになったのかもしれんぞ。

定吉　さー、それはわかりませんが、親方ァ、もう人の手紙のことを覚えてるんですか。だから話をするのがいやだったんですよ。

あのな、お前は知らんほうがいいけどな。あれは歌の文句だ。覚えてるというより知ってるんだ。……それから……「そんなきもちでいるわたし」と続くんだ。な、はやり歌だよ歌……いいかい……「つきがかがみであったなら、よごとうつしてみようもの」っていうだろう。あれはどういう意味かわかってんのか？

定吉　さあ、よくわかりません。

大丈夫かお前……あのな、夜ごとってぇのは毎晩という意味だ。な、「毎晩あなたの顔を月に映して見るのに」というまあ切ない思いが歌ってあるんだ。

定吉　はあ……あなたの顔を映してみる……そういう意味ですか、知らなかったなあ。

もののたとえがだ、そんなでっけえ鏡はないけれど「もしも鏡であったならば」という話だ。そうしといて、「こんな気持ちでいるわたし」とくらあ。「ねぇ忘れぇちゃあ嫌ぁーよ、忘れなーいでねー」ときたな。こりゃあ、歌の文句だが昔、渡辺はま子という人がレコードに吹き込んでいてな。あたしなんざその「いやぁよ」てぇところを何度も聞いて悶絶したもんだ。それをお前ぃ手紙に書かれちゃあたまんないな。ふつうなら熱がでるところだぜ……お前が熱がでねーですんだのは、鏡んところがわからなかったからだよ。めでたいよ。

定吉　そんな……「忘れちゃあ嫌よ」、なんて書いてありませんでした。

だから、お前ぃにゃあ話ができねえんだ。書いてなくったって、意味はそういうことになるんだ。

定吉　へえ。

それにしても近頃の女の人の気持ちってぇのはわからねえな。

定吉　親方の前ですけどねぇ、あたしが手紙をもらっちゃあ変ですか。

いや、変だと言っちゃあいないよ、お前ぃには、見所がある、と言ってるんだから、そう怒るな。

定吉　親方も、手紙の一つくらいもらったことがあるでしょう。もらったことのない人にゃあ……あっしの気持ちはわからねえ。

泣くな馬鹿、泣いたってしょうがねえじゃないか。あたしの若い時分はな、恋文も命がけだ、仮に校長の娘に出そうものなら、即退学だ……だから出せない。……でもな、デパートの文具売り場へ行くってぇと、そりゃあきれいな便箋を売ってた。その便箋なら何も書かなくったって、もう書いてあるようなもんだった。

定吉　へえ、そりゃあ便利ですね。

そうさ、なんだかぽーっとなるような高原の花園ってぇ感じの絵があってな。しかもその便箋の裏には、参考になるような詩みてぇな文章がかいてあったな。

定吉　月が鏡であったなら、とかなんとかありましたか?

うん、そのくらい大げさに書けば、かえって恥ずかしくはないが、どうも恥ずかしい詩のまねごとみてぇな文章だった。

定吉　覚えてたら、聞かしてください、いつか参考にしますから。

そうさな、思い出せるけどな、「今にも泣き出しそうなお空の雲の間から」ときたな……うーむ、こりゃあ照れくさくって、これ以上言えねぇ。

定吉　いいじゃぁありませんか。あたしにゃあいろいろ言わせといて、そのくらいなんですか。

手鏡じゃ
ありません
写真が
はってある額です

お前ぃはそう言うけどな、照れるぜ。

定吉　だって、親方が書いたんじゃあないでしょう。

そりゃあそうだ、じゃあ……ここんところをな……意味だけで言うけどいいか。それで勘弁してくれ、な。「な、泣きだー」だ、「泣き出しそうな雲の間からー」ときた、「きれいな青空がーちょっとだけのぞいてるのが見えるー」ってんだ。……そこで「あたしゃ縁側の明るいところへ青インクの瓶を、持ち出して」だ……「手紙を書き始めました」ってんだ。「今日のように薄曇りの日は、白い花がいつもよりきれいにみえる」とかなんとか言うんだ。

定吉　それからどうしました?

いや、これは、書き出しの勢いをつけるための文句らしくって、それから先は無くって、また違う文例になる。こんな参考例が、いろいろ載ってたな、空のことは「お空」ってんだ。ちょっとだけってぇのは、「ちょっぴり」ってんだ。なにしろ、降りだしそうなってぇところを、「泣き出しそうな」てんだよ。あたしゃあ照れるけどな。照れてるようでは手紙は書けないぜ。あ、それからなロマンチストだとかリアリストだなんてぇ言葉もあったな、あたしがロマンチストという言葉をはじめて読んで辞書で調べた最初のできごとだからおぼえてる。

定吉　親方、さっきから聞いてると、親方はそういうことをよく覚えてますね。

覚えてて悪いか。正直なところを言って、あたしも若かった。だからそのきれいな便箋を堂々と見たわけじゃあないんだ。……本屋の立ち読みよりも、こそこそとな……あんなにもの覚えのいいころ、もっと勉強しときゃあよかった……。

定吉　なーるほど、親方も手紙をだしたことがありますね。

お前ぃ、警官か、決めつけるようないいかたをするな。

定吉　決めつけるって……あたしゃさっきから取り調べられてたようなもんで。

うるせえな、あたしゃぁ忙しいんだ。お前の相手なんかしてられねぇんだよ。

定吉　逃げないで下さいよ、あたしゃあしゃべっちゃったんだから、話してくださいよ。

覚えてないんだから勘弁してくれ。

定吉　あたしゃあ、勘弁できませんねえ。近頃の女の気持ちはわからねえ、なんか言っといて、自分の都合が悪くなると、忘れたなんて卑怯じゃぁありませんか。

『男はつらいよ』

お前ぃ、こんな話になるとねばるな、明日までまってくれ、明日までに……しらべてくるからな。明日教える、こういう事はあたしの実力じゃあ無理だ。そのかわりな、昨日テレビで見たばっかりの『男はつらいよ』という山田洋次脚本監督の映画の話をしよう。

定吉　やっぱり、親方は卑怯だ、逃げてます。

卑怯？　なーにが卑怯だ。お前ぃにわかりやすく話そうと思って苦労してるんだぞ。早い話が、柴又の帝釈天というところの門前町に団子屋がある。ここの一家にさくらというきれいな娘さんがいると思いな（倍賞千恵子が扮している）。このシリーズで第一回のものだが、これが無類におもしろいんだ。その団子屋の裏に、失礼ながら通称タコという主がやってる印刷屋があって、年中手形の期限がくるが、まあそれはともかくその工場に若い青年が働いているな（これは前田吟という俳優）。ところがさくらには腹違いの兄貴がいてな。これが通称フーテンの寅という車寅次郎（渥美清）

だ。家を出てふらふらしてるが、十五年ぶりに帰ってきた。この男が帰ってくるところくなことはないが、帰ってこないと映画がおもしろくないんだからしかたがない。

この寅次郎が、すっかりきれいになったさくらを見て「これは大変だ悪い虫がついたら困る」と、すべて自分の背丈でものを考える。ところが裏の工場には若い職工がいる。いるだけでなく、たまにさくらのギターにあわせて一緒に歌ったりしてる。寅次郎はそれをみて、「てめえらみてぇに大学も出てねえやつらに、さくらを嫁にやるわけにはいかねえ」とまあ、早とちりめいたことをどなりちらして、さくらを奪い返した気になってる。大学を出てないで、なにが悪いんだってぇことになって、職工の中のひとり前田吟と寅次郎が対決することになるな。

山田監督にはわるいが、その前田の言葉をうろ覚えでいうとな「もしあなた（寅次郎）が、恋をして、その人のお兄さんから大学を出てない男に妹はやれないと言われたら、どうしますか。あなたは真剣に人を好きになったことがないからそんなことがいえるんです」と、ここんところでは前田吟の言うことが実に立派で、寅次郎に返す言葉はないはずなんだが、寅次郎はなにしろテキ屋で鍛えてるから平気だ。とはいうものの腰がひけて来てはいる。で、さくらに「お前はあの男をどう思ってるんだ」と聞く。こととしだいによっては一肌脱ごうてぇ気になってきたとみえるな。で、ウブなさくらは「わたしにはわからないから、おにいちゃんが行ってあの人の気持ちを聞いてきておくれよ」ということになる。団子屋一家では「あの二人は、放っておけば、きっとうまくまとまるときがくる」という見方をしてるのに、寅が一肌脱ごうてぇ気になったら、まとまるものも、まとまらなくなるんだ。

寅次郎は前田の心中を聞きにいくが、彼に似合わず照れて照れて、聞き方が非常にあいまいだしな、何を言ってるんだか聞いてるんだかよくわからない。寅次郎にしてみれば、さくらを手放すのが惜しいという、よくある気分になってたのかもしれんけどな。ともかく、前田に向かって「さくらには結婚するつもりはないらしい」と言ってしまう。悪意はないんだが、さくらに対しても、これまたはっきりした、前田の胸の内を伝えてはいないんだ。だからさくらにしても、「わたしに対する前田さんの気持ちって自分の思いすごしだったのか」と、がっかりするかたちになるな、……。

前田も同じで、こちらは男らしく心を決める。そして、止める間もあらばこそだ、隣の団子屋へどんどん入って行って、きっぱりと言うな……。

映画で見たんだから、せりふはそのままじゃあないが、意味はおよそ同じだ。

「僕の部屋から、さくらさんの部屋が見えます。あなたが朝起きて背伸びをしたり、歌ったり、……なさるのが、毎朝見えました。そんなあなたを見ることが僕の生き甲斐でした。こんな工場に長く勤めてこられたのも、毎朝あなたの姿が見えたからです。でもわたしの夢はやぶれました。今日限りこの工場を止めて、僕は出て行きます。どうかさくらさん、お体を大切になさって下さい」とかなんとか言う。これは、大げさなようだが血を吐くような別れの言葉だ。なんという誤解なんだろう……。

だから寅次郎なんかに話すと、だめなんだ。

駅へ向かう前田を追ってさくらが走る。あたしがいいたいのはここんとこだ、ここのところを見ていて涙が出てな、笑いながら涙がとまらなかった。ここだけ言えば足りるんだが、どうしてそういうことになったのかってぇことをいわなくっちゃあ話にならんから、話が長くなったんだけどなあ。

定吉　やはり、逃げてますよ、映画の話よりも、あたしゃあ親方の話が聞きたいんです。

『赤西蠣太』

定吉よ。

定吉　なんですか、変な声して？

あたしはね、思い出した、恋文について思い出したんだ。話を変えるみたいだが、そうではない、あたしの話よりも、この話の方がよほどためになると思って言うんだから、まあ、聞いてくれ。むかし仙台藩の家来に赤西蠣太という三十四か五になる侍がいたと思いねえ。仙台と言っても、本人の生まれは雲州の松江だということになっとる、律儀で愚直で風采も上がらない。酒も飲まないし、取り柄といえば将棋が強いくらいのもんだそうな。一般に島根県の人間は律儀なものなんだが、それはまあいいとしてな、その蠣太が、（江戸の仙台屋敷にいる）原田甲斐に悟られぬように、恐るべき密書を国許へとどけねばならんことになったな。正式に暇をもらって帰るためには、理由が無くてはならんからむつかしい、そこで親友の鱒次郎という男と釣りに出た海の上で、一計を案じた。つまり、何とかして「武士の面よごし」をする。そこで恥ずかしさのあまりに雲隠れしたらしいということになれば、追っ手をかけるという手もないだろう、ということになった。まあこれは密談の上やっと思いついたことだったんだな。蠣太はなんでもするつもりなんだ。なにしろ、スパイなんだからな（断っておくがこの話は、志賀直哉という人の小説にあって、こんな場所で話すのは申し訳ないくらいのもんだ、赤西蠣太が醜男でありながら、見る人が見れば、能ある鷹が爪を隠したところが見えてくる、だから、どこかで見つけて、この作品を読んでみていただきたい）で、「武士の面よごし」としては何をするのが一番いいだろう、ということになったな。そこで、鱒次郎が小膝をたたいて「どうだい」ときりだした。「誰かに付文をするのだ。いいかね。何でもなるべく美しい、そして気位の高い女がいい。それに君が艶書を送るのだ。すると気の毒だが君は臂鉄砲を食わされる。皆の物笑いの種になる。面目玉を踏みつぶすから君も屋敷にはいたたまらない。夜逃げをする。（以下略）」

蠣太は「泥棒するよりはましかもしれない」と答えたというな。

恋文の相手は、美人の噂も高い腰元の小江（さざえ）にきめた。蠣太にとって恋文など書けたものではないのだが、鱒次郎は自分で書かなければだめだとそう言ったんだな。

そこで、ある秋の夜となる、蠣太はさんざん苦労して書き上げる、ここらあたりの蠣太の心境を言わないと話にならんのだが、引用だからそういうわけにもいかない。

彼は書いた。意を決して御殿にのぼり、小江をみつけて手早く「これを見てください」と言ってわたしてしまう。蠣太はほっとしたな、これで遁走という自然な振る舞いができる……。

つまり好んで赤恥をかくんだ。

定吉　ははあ、それで赤はじ蝲太って名前なんですか……。しゃれてるばあいじゃあないが、そうかもしれん。ところがだ、幾日かすぎて蝲太は返事を受けとった。

「——前略——

わたしは町家の者でございます。私はもう一年か一年半したら親元へ下がるはずになっております。結局は町家へ嫁入る身と自分でも考えておりましたところでした。しかし今貴方からお手紙を頂いて私には新しい問題が起こりました。私は考えました。私には新しい感情が湧いて参りました。私には前から貴方に対するある尊敬がございました。それが、今急にはっきりして参りました。私は私がこれまではっきり意識せずに求めていたものが、それが貴方の内にあるものだったという事を初めて気がつきました。わたしがいわゆる美しい若侍方に何となくあきたらなかったのは、そういうものが若侍方の内にないからだったという事が解ってまいりました。わたしは貴方からお手紙を頂いて本統に初めて自分の求めていたものがはっきりしました。私は今幸福を感じています。」

後は、あたしとしても、まったく妬けてくるから略すが、まあそういうわけだ、嘘から出たまこと、ということになり、この話はまだまだ続くんだが、このくらいでや

めとくことにしないと、借り物の話が長くなりすぎるからな。密書の由来というか、これは世に「伊達騒動」という、お家騒動にからんでくる話なんだ。
いいかい、「おてもやん」じゃ無いが「おとこぶりにはほれんばな」ってぇことになるんだ。定吉、しっかりしてくれよ、お前にも、どういう運がまわってくるかしれたもんじゃあない。

定吉　おもしろいですね、蠣が小江（さざえ）に手紙をだすんですから、やはりしゃれじゃないですか。

なにを言ってるんだい、志賀直哉という方がだ、そのような隠し味みたいなものをつけているってぇことはあるが、この話は落語じゃあないんだ、がたがた言う前に読んでこい、宿題だぞ。そしてな、これを映画にするとき、赤西蠣太は誰がいいか考えてこい、いいな、これが宿題だ。

定吉　へえ、やっぱり、市川雷蔵か、三船敏郎ですかね。

だめだなあ、よろしい、ヒントを出してやる、平田満、柄本明、古いところで私の好きなのは三井弘次だ。お前な、読まないうちから答えるな、若い者の悪いくせだ。

酢豆腐

そのなぁ、「おてもやん」につけても思い出すのは、文楽の出し物だった『酢豆腐』てぇ話だな。

町内の若いものが集まっていっぱいやりたいと思うが肴がない、あの糠味噌の甕ん中をかきまわしたら古漬けの一つくらい出てくるんじゃあないか。だから誰か探してみろ、ということになるが手を出す者がいないな。そこへ半公ってぇ男が通りかかる。あいつにやらせようてんで、呼び込もうとするが、半公は賢いから、こいつらの間にはいったら、ろくなことはねえ、と察して行き過ぎようとするんだが、

「なんでえ半公、おめえみい坊を泣かすんじゃあねえぜ」なんかいうな。

「なぜってこの間、みい坊のはなしを聞いてたら、半公の名前が出すぎるじゃあねえか、それで、みい坊！　おめえはやけに半公の名前ばかり口にするが、ほれてるんじゃあねえだろうな、とまあこのう、言っちゃったんだ」

「うん」

「真っ赤な顔でもするかと思うと、すましたもんだ、『熊ちゃん、あたしが半ちゃんに岡惚れをしたら、お前さんどうする気なの』ってんでね、どォォんと一発くらっちやった」

「ッはは、ッひひ、ッひひ、ひひひ……ひひひ……」

「ひっくり返るよこいつは……おい。しかりしろよ」「ひっくり返りゃしねえ。どうも兄きの前だが、話は面白くなってきたね……どしたい？」

「『みい坊、お前だってずいぶん茶人じゃねえか。この町内にだってずいぶん乙な男はふんだんにいらァ。選りに選って、あんな半公みてぇな、薄ッ馬鹿なね、しみたれな馬鹿野』……お前には悪いけど、『馬鹿野郎に惚れたんだい？』と、こう言うと、みい坊の曰くだ。『熊ちゃん、冗談いっちゃあいけないよ。女なんてぇのはねェ、お金があったり、男のいいのやなんかに惚れるんじゃァない。あたしゃ半ちゃんの男らしいところに惚れたんだ』と、こういうんだよ。『へえエェッ半公そんなに男らしいかい？』……『あれが本当の江戸ッ子気性、職人気質、神田ッ子。どこの牛の骨だか馬の骨だかわからない者に、さてこれこれこういうわけだと頼まれりゃあ、いやと言って後へ引いたことのない立引き（たてひき）の強い、男らしいところに惚れ込んだ』と、こう言うんだ。どうでえ」

「ううん、なるほど。さては……なんだなァ俺の料簡が近ごろ近所の女の子にわかってきたかな?」

「お、おう」

「俺は、江戸ッ子だァ。俺達……神田ッ子ダァ。人に頼まれて後へ退いた事がねえやッ、頼まれりゃァ、こちとらァ、火ン中にでも飛び込む……」

「ンそこだ、ン偉いとほめたのァそこンとこ……」


という話になるんだが、これ以上たくさんしゃべるわけにはいかねえ、文楽の落語『酢豆腐』を読んでもらいたいですな。早い話が「男ぶりには惚れんばな」ってェところが言いたかっただけですがね。

『赤西蠣太』とか『酢豆腐』などの話は、ほかでもない、あたしのためになった。いやはげみになったな。いいかい定吉、お前も落ち込んじゃあいけねえ。そんなときは、この赤西蠣太の話を思い出すんだぜ……。

二等兵物語

えーむかしの話ですが、あたしが乗ったタクシーの運転手さんが「お客さんは芸術家でしょう。こういう稼業をしてるってぇと、お客さんの職業なら十のうち八っつまでは当たる。身なり格好からいっても、まあ勤め人にゃあ見えませんねえ」なんか言うんですな。

あのう勝見勝という口の悪い美術評論家がね、「売れない絵描きは画家、売れる絵描きは絵描き」と言ってたことがあります。そうなると、自分から「芸術家」と名乗るてぇのは、なんだか腰のひける気分になるじゃぁありませんか。田舎の子どもが昔ね、「せんせいは絵描き屋さんだよね」そうだともシガネー絵描き屋さんだ。じゃあ「ごめんください、猿蟹合戦を十匁下さいな」「はい、おまけになってますよ」てなもんだ、と何かに書いたら、よーくわかってくれた方がありました。

運転手さんが、専門はなんです？　というから、何でも描きますよといったら、「そりゃあだめだ、なにか専門を決めなきゃあだめだ、なにか、目標を持って描いて、それから個展かなんかやりゃあいい。あたしの知ってる人に画家がいるけど、なかなかそれで生活するのはむつかしいらしい」……、などといいます。

あたしゃあ昔、教員をやってた、そのころの教え子が、NHKだの、出版社だのと、いろんなところに散らばってて、その教え子たちが、装丁だかなんだか、仕事を持ってきてくれるといいましたら、運転手さんは、いたく感激しましてな。「教え子てぇものはいいもんですなぁ、じつはわたしもひまを見つけては絵ぇ描いてるんですが、教え子はいない、うん、教え子ってぇものは……いいもんですな」としみじみ言ってくれました。

筑摩書房に松田という男がありまして、これが小学校の頃の教え子てえ関係でしたな、こないだも「二等兵物語」を本に書いてくれないか、なんて言ってました。

たしかに昔の軍隊の話をしたことがありました。それを『二等兵物語』と名付けたのはあたしじゃあなくて、松田君なんだ、忘れたいんだけどね、わたしが武蔵野市の小学校の教員だったころの話なんですからね。

まあ、とにかく昔の話でね、誰か他の先生が休まれた日は、手の空いていたわたしが臨時に教室へ行ったもんです。代稽古にな、ところが……ほかのクラスで話したことが噂になっていたらしく、ある子が手をあげて「先生、僕たちにも二等兵の話をしてください」と言って聞かなかった。それが松田哲夫だ、あいつは子どもの頃から編集者だったんですよ。……『二等兵物語』ってぇのは、いわば軍隊残酷物語です。敗戦直前に軍隊にとられ、そこで徒労に近い日々を送ったわたしの……悲しい想い出だ。あのころ、わたしたち兵隊は、食うものが無くってほとんど餓鬼道に落ちてたな。「衣食足りて礼節を知る」って言うがありゃぁ本当だね……腹が減ってるとね、生の芋半分見ただけで人間は猿になりますね。三度の飯のうち朝と夜は竹筒にはいった味噌汁が一杯、あとは笊の弁当箱に入れた麦飯だった。昼は梅干し弁当だ。それだけで兵隊たちは朝から晩まで上陸用舟艇を隠すための壕をほり、あるいは構築した。顔が水ぶくれになる栄養失調の兵隊が出て、衛生兵のところへ行くとお腹にヨードチンキを塗られたってぇくらいのもんだ。

嘘じゃない証拠に言うが、ところは香川県綾歌郡王越村だった。この村も合併したかしらんが、場所は今もある。「王越村にはリンゴの香りがあった」てなことを何かに書いたら、手紙が来た。「わたしは王越村の生まれです。王越村はミカンの里でリンゴはありません、それが主な産業なのに、嘘を書かれては困ります」という抗議だ。「農協へ行って調べて下さい、あたしゃそのリンゴをもらって食べたんだ」と書きました。返事はこなかったけどね。あの村の人たちも、リンゴ（祝い林檎といって、実の大きさは小さいが味は、品種改良したものよりいい）が実っていた頃のことを知らないほど時間がたってしまった。

　こどもたちに残酷な話をしてもはじまらないと思うから、砂漠のオアシスのように、人間らしさを取り戻した一時期のことを話したんだ。あまりほめられた話じゃないが、ある日、炊事当番が回ってきた……あたしたち二等兵の中から五人だけに順番がまわってきて、鎌田一等兵という補充兵の下で働いた。補充兵っていうのはもう歳の人でな、そうだなぁ……あの人は、五十歳になってたかな。いや、四十、四、五かもしれん。わたしが若かったから先輩の歳がよくわからないんだな。……その後「七人の侍」で宮口精二という名優をみて、あ、あの人だと思ったことがあるから、まああんな風貌の人だと思えばいい。いわゆる軍隊の鬼軍曹とか、威張ることしか能のない班長や上等兵どもに比べたら、ずっと大人で、いい人だった……。ある日のことだ、食事が終わって帽子を探したところ帽子がない、やっとテーブルと壁の隙間に落ちていたのが見つかったが、それには鎌田一等兵と名前が書いてあったんだ。わたしは「帽子が無くなりました」と申し出た。鎌田一等兵は、厳しくわたしを叱ったな。精神がなっとらんからそういうことになるんだ、急いで探せ、みんなで探せ、と命令した。わたしたちは問題の帽子が鎌田一等兵の頭の上にあることを知っていて、もっともらしく探した、怒られればおこられるほど気分がいいっていう珍しいケースだ。戦友の一人が「鎌田一等兵殿のかぶっておられる帽子が自分たちの探している帽子だと思います」と思い切って言った。そのとき鎌田一等兵は、うろたえてな、いうことが無くって、なんとも情けない顔をしたもんだ、とまあそんな話をしたんだ。でも、そこがなぜオアシスなのか、実はあんなに食うものも食えぬ状況なのに、炊事班だけは白米を腹いっぱい食べていた。メニューは兵隊のものとはまるでちがっていたんだ。炊事軍曹といって炊事場を取り仕切っていた人は丸々と太っていたからな。それはもう公然の秘密だった。だからオアシスなんだ、あとでわかったんだが、外国の軍隊でも大なり小なり炊事班の役得というものはあったらしい。軍隊じゃなくて、一般の家庭でも、食べ物がたくさんある家と無い家とあったことが後でわかった。これをどう思うかい？　戦争はみんな、苦しみも同じにして闘うのでなくっちゃあ変だろう？　それなのに炊事場だけは天国だった、軍隊とはそういうところだったんだ。

わたしは、戦争中の話は語り継ぐべきだと思っていた。そこで炊事班だからあり得た珍談奇談について、得意になって話した。でも、なんだか後ろめたかったんだ。わたしがためらって……考えこむ時間が長くなると、子どもは敏感に反応して、ざわめきはじめる。すると話をする意欲もなくなる。そんなときのあたしの顔色が松田にはわかるんだな、「おーい、みんな、静かにしろよ、先生の話を聞けよ」と何度もみんなを制してくれた。

……わたしが口ごもるのも無理はない、軍隊生活四ヶ月で敗戦だったから、餓鬼道もそう長くはなかった。それでも地獄だったというと、もっと厳しい目に遭った人には申しわけない気もするが、やはり餓鬼になっていた。満腹感というものをすっかり忘れてしまってた。ついに神経が冒されてたらしい。拒食症の反対だな、年寄りがよく言うだろうが、「嫁がまだ朝飯を食わしてくれん」と……、あれは年とって、満腹感を伝える神経がおかしくなってるんだと思うな。ちょうどあのように兵隊は栄養失調で、満腹神経が麻痺してたんだと思う。

兵隊といっても南海の孤島へ行った人もあれば、フィリッピンのジャングルの中で二十数年を生きた人もある。弾丸に手足を吹き飛ばされた兵隊もあるし、重油の海に沈んだ兵隊もあれば、兵隊でなくても焼夷弾に家を焼かれ肉親と離ればなれになった民間の人も少なくない、広島や長崎や沖縄のことを思えばわかるが、むしろ民間の方に死者が多い。「お国のために戦死した」というけれど、兵隊だけが苦労したわけじゃなかった。戦争の実態ってそうなんだ、テレビで見てるのはその、ほんの一断面にすぎないから、勇ましくってカッコいいように見えるかもしれないが事実はあんなもんじゃあない。なにもかも運命だったという他ないな。ともかく、あたしなんざ生きてるんだからな、あのとき命を失った人たちに比べたら申しわけないが、……親を失った人が、親のいる人をうらやむ力もなかった。つまりあの戦後の一時期は、今のようにぼんやり過ごしている人はなかったように思うよ。幸せな人と、不幸な人、目先の利いた人と、いつまでも頭の切り替わらない人たちとが、雑多に混りあい、あきらめて、なんとか生きてきた。なぜか、何はなくとも、今度は生きられるという希望があったからだ。

この前も、NHKで「昭和の記録」という番組をやった。今年が戦後六十年だてんで、「六十年前のこの日あなたはどうしていましたか」という設問で、何人もの人が、経験を語った。一人十分間くらいずつだった。そのころの日本は大変だった、六十年前の、ぴったりその日の新聞を読んで、そのころどうしていたかという話をしたんだ。あたしはさっきも言ったように瀬戸内海の島影に上陸用舟艇を隠して、本土決戦の準備をしてた話をした。その舟艇はベニヤ板で造ったもんだった。鉄砲は一小隊、約三十五人に三挺しか無かった。しかも銃口は筒のまん中に空いていなかった。小銃の弾は無かった。服装などいわゆる兵隊の服はなくってレインコートだ、つまりいつも合羽をきてた。そのころは新聞を読んでいないし第一ない。広島や長崎に原子爆弾が落ちたこと、サイパンやラバウルなど占領していた南の島々がつぎつぎと奪還され、遂に沖縄が占領されたこと、戦艦大和が沈められたことなど、なんにも知らなかった。本当はもう勝ち目はなかったんだ。

そのころの兵隊として「自分の考え」を持つことのなかったわたし達は、いつも上官の影におびえていた。国の興廃、戦の勝ち負けよりも、その日上官から怒られずに、無事に夜がくることだけを待っていた。まるで囚人と看守の関係だった。軍隊というところは本当はそういうところではないはずだが、いつのまにかそういう恐ろしい世界に変わった。みんなだれもが、生死の境をさまよっていたからだ。テレビではそんな話になったが……。

な、まあそんな話をしたって、こどもは飽きてくるらしくてあちこちで私語が多くなる。そうなると、語る方も気分が乗らなくなる、「なあみんな、兵隊の話なんてものァねェ、面白おかしいもんじゃないんだよ。自分たちの経験を、なんとかうまく語り伝えようと思ううちにな、喜怒哀楽の情てぇものがこもってきて、悲しいところは悲しいとこ、武張ったとこは武張ったとこ、勇ましいとこは勇ましいとこ、又聞きの話でも結構なもんだ。それを本人が夢中になって話そうてんだ。……何を？　夢中になるだけ情けねぇ？　だれだそんなことというのは、そりゃああたしゃあまずい。あたしゃあまずうがす」「そうです」なに？

だれか「そうです」と言ったな。……そりゃああたしゃあまずいよ、まずいけれどもあたしゃ素人だ、今日は臨時にやってきて算数をやるところを、みんなが話せってぇから、話してんだ。昔な「居並ぶ子どもは眠さ忘れて、耳を傾けこぶしをにぎる」ってぇ唱歌があったもんだ。そんなことを君たちに言ってみても、わかるまい、いいか今日家へ帰って、あたしがそんな古い唱歌の事を話したって、お父さんか、お母さんに聞いてみてくれ。あたしの話はここまでだ。「やめよう、止めましょう、みんな、算数の本をだしな、わからないところがあったらなんでもいいから質問しろ。算数が教えられないから、二等兵物語でごまかしてるなんか思われたら片腹痛い。それに受験時代だ、二等兵物語なんぞで時間をとってる暇はねえ。いいか黒板に問題を書くから、それをやれ、試験を受けるつもりでやってみろ。

「ある酪農家で飼っていた、豚と鶏の頭数を数えたら、合わせて８７６２５４いた、そこでこんどは脚の数を数えた、すると、２９８０６５２本だった。その農家の人は豚を一匹１８２０００円で、鶏は一羽７７４０円で全部売った。このとき酪農家に入った合計金額の５分の３・１４が利益だとしたらその利益はいくらか」

何？　酪農家がわからない？　牛や豚などの家畜を飼ってる農家のことだ。そんなことはわからなくても問題は解ける。こりゃあな、豚鶏算といって一見ややこしいが、難しくはない。このくらいやれなきゃあ、塾だって入れてくれないぞ。ではじめなさい。わたしはここで本を読んで待ってるから、できた人はノートをもって見せに来なさい。

なんだ？　松田くんもうできたのか？　え？　語ってくれって。

「みんなは先生の話がおもしろいからってはしゃいでいたんで、別にいびきをかいて寝たってわけじゃあないんですから……私語ったって、だまっておれないほどおもしろいから互いにひそひそやってたんです、なあみんな」

「そうだとも、先生が教室にきてくれるチャンスが、こんどいつあるかわかんない。みんな先生の話が聞きたいって、そのつづきを聞かなきゃぁ、算数の問題をやろうにも気が散って手がつけられないんです」（このあたりは大好きな、文楽の『寝床』の雰囲気、ぜひ落語の『寝床』を読んでみてください）

そういってくれるのはうれしいよ。でもな君たちには、勉強っていう大事な仕事があるんだ。たあいのない話で時間をつぶしちゃぁ、君たちのご両親に対しても申しわけがたたねえ。あたしァねェ、お前さんたちの前だけどねェ語らないといったら語らないんだから。おい、松田君、お待ちお待ち、お待ちってんだよ、お前さんなんざわかるまいが、いいか、話なんてぇものはな、こっちで語りましょう、向こうで聞きましょうッて、ぴたりッと意気てぇものが合わなきゃできるもんじゃない……こんなまた気の抜けたときに語れますか。え？　なんですゥ？　なんだい……お前変なことォ言うじゃァないか。いつあたしが芸惜しみをしたい？　お前さんがあたしの立場になってごらん、語れるかい？　またに願いやしょう。あたしも落語がきらいじゃあないんだから、これっきりやめるってんじゃァないんだよ。今日のところは勘弁してくれ、あ、鐘だ、時間がきた、黒板の問題はやってもやらなくてもいいよ。みんな、こんどまた代稽古でくるようなことがあったら、くだらない話でも聞いてくれな。おい松田君、今日はこれで終わりだ。でも、お前さんの今日の言葉にはあたしもこころをうごかされた。お前さんは偉くなるよ、将来ってぇものがあるよ。な、今日のことは覚えといてくれ。いつかまた会う日もあろうからな、と、いったのが、もう何十年も前のことになる……。

彼が二等兵と口にしてみるのもそのためで、こないだから『二等兵物語』ってぇ本を書いてくれといってるけど、でもねそれはやはり書けないな。それで、空想亭の苦労咄かなんか書いてるってぇわけでして……。

啖呵売

花見とかお祭りなぞ、人が大勢集まる所では、縁日みたいに露店が店を出してにぎわいます。このおもしろいことはふつうの店と違って格別ですな、買わなくたって、その露店のおじさんの口上を聞いているだけでおもしろうございました。

板野比呂志という人がその口上のプロで『香具師(やし)口上集』(創拓社)というおもしろい本を出しました。そして、昭和五七年の芸術祭大賞をもらったんですが、惜しいことに亡くなってしまいました。

ＣＤもついていて、その中には七味唐辛子、バナナ売り、蝦蟇の油売りなどの口上がいっぱい入ってます。

その手口のなかに「泣き売」ってぇのがありまして、通りがかりの男が、泣きべそをかいてる男に向かっていいますな。

「なになに？　ゾリンゲンという会社の、カミソリ工場に勤めていたが？　え、あの有名なゾンリンゲンか？　で、会社が倒産して……？　なんだって？　泣いてたんじゃあわからないじゃあねえか。ええ？　それで？　月給の代わりに、うんうん、カミソリを配られた？……ひでえところだな、ええ？　それでも、もらわないよりはましだからもらったが？……、これを金に換えて、汽車賃にして？　うんうん、……いなかのおっ母さんの所へ帰るってぇのか。なーるほど、おめえもおっ母さんがいるか、なに？　おっかあが病気で寝てるってぇのか、……馬鹿泣くな……全く不憫なやろうだなあ……ところで何かい？……それをいくらで売ろうってぇのか、何？　一本が千円だって、へえ安いじゃあねえか、ようし、おれが三本買ってやろう、なあ、俺に三本売れ……おめえ、そんなにめそめそしてたってしょうがねえだろ？　おめえ何をびくびくしてるんだ、ええ？……お巡りなんかこやしねえよ。ほら、千円札三枚だ、な、早くしろ、ほかのお客さんだって男だ、買ってくれらあ、な、なあ、みんな、可哀想なやつだ、おっ母さんに会いに行くって言ってらぁ、みんな買ってやってくんな、……」

売り子は泣くばかりです。彼がなぜそこへ座っているかってぇことは、ほとんどそばにきた男が代弁しているわけですが、その演技のうまいことときたら、舞台の役者もかないませんな……。

じつはあたしの姉婿が若い頃香具師の仲間いりをしてましてねぇ。それはまだあた

ゾリン
ゲン

しの姉と結婚する前の話ですけども……、ずいぶん姉を困らせたもんです。

のちの姉婿・善一が、若いとき家をでた。八方探したが見つからないでいたところ、下関の路ばたでのみ取り粉を売ってましたものがある。なにしろ、「お宅の善一はんが、下関の路ばたでのみ取り粉を売ってました」という。スワというわけで、そこのお父さんと、善一の妹婿の剣道の先生とが下関に駆けつけた。はたせるかな「のみ取り粉」を売っているじゃあないか。そばに、あの地方で団子虫とよんでいる二センチくらいの虫で、足がたくさん生えてて、つつくとくるっと丸くなるあの虫を置いてる。そいつに問題ののみ取り粉をぱらりと振りかけるてぇと、あっという間に丸くなってちぢこまる。「ほーれこの通りだ、こんなにでっけえ虫だっていっちゃうんだから、蚤なんかあひとたまりもねえ」とやってた。そんな育てかたをした覚えはないのに、何が不足で家を出たりしたんだと、強引に家に連れて帰りました。

その善一が言うことには、「一円のものを、百円で売らなきゃあ、商売人たあ言えねえ」とうそぶく。その若い時代のフーテンぶりは、身に染みついてしまうものらしくって、あたしの見るところでは、一生なおりませんでしたな……。

定吉 「やし」というのはなんです?

え? 「香具師」という言葉を知らない? ああ、そうかも知れないな……。今はほとんど使われない、もとは、こうぐしと言うんだが、通称やしと読んだな。あたしなんぞから見ればなつかしい言葉だが今は使われなくなった。

でも、あの有名な『男はつらいよ』で、「フーテンの寅こと車寅次郎」は知ってるだろう。寅さんはその口上で食ってた。茶碗とか、おみくじとか、格別特定の品物を商うわけじゃあないな、なんだっていい、古本を売るときゃあ、「神田の何とか堂が不渡りを出して倒産した、そこからでた古本だからものは確かだ」などとでたらめをいうんだが、このでたらめが無類におもしろいんだ。「ちゃらちゃら流れるお茶の水」とかね、「結構毛だらけ、猫灰だらけ、けつのまわりはクソだらけ」なんかいうな。続けて覚えてるわけじゃあないが「七つ長野の善光寺、八つ谷中の奥寺で、竹の柱に茅の屋根、手鍋下げてもわしゃいとやせぬ、信州信濃の新そばよりも、あたしゃあなたのそばがいい、お前百までわしゃ九十九まで、ともにシラミのたかるまでときやがった」、てなことをいって、客をひきつける、このことを「啖呵売」といって、ほとんど専門職でだれにもできることじゃあねえな。

定吉　よく覚えてますねぇ。

どうも、あたしは善一の、病原菌に伝染したようなところがあるのかもしれん。「三三五目じゃとおらねえ、三五は女の大厄で、三八ゃ昔の歩兵銃、四〇の後家さんしょうがねえ、四四（しーし）は子供の寝ションベン、五八（ごんぱち）ゃ昔の色男」などと数え上げるんだ、「犬が西向きゃ尾は東」なんてぇのもあったな。いかにもあたりまえで意味は無さそうなんだけど、なんだか考えさせられるだろ？　昔はみんな覚えていたんだが、いまとなっちゃあ、全部思いだせねえな。思い出せないなら、こんなの勝手につくりゃあいいじゃあないかって思うだろうが、こりゃあ、民謡がにわかにはつくれないように、簡単じゃあない。
「去年の盆からたばこ盆、プラットホームにトラホーム、じいさん男で年寄りで、国防婦人はみな女」てなことを言ってたな。

定吉　「コクボーフジン」というのはなんですか。

そうか、お前は「国防婦人」てぇのは知らないだろうな、六十年以上も前のはなしだ、そのころ日本は戦争の真っ最中だった。男は戦地に向かうが、女の人はみんな国防婦人会というものに入っていてそれなりにというか、お上の要請に沿った仕事をしてたんだ。みんな制服として割烹着を着てな、国防婦人会というたすきをかけていた。兵隊さんが戦争に出て行くときは、その国防婦人会の皆さんが、そのたすきをかけ、日の丸の旗を持って駅頭にでかけた、そして万歳ばんざいと、旗を振って見送ったもんだ。

ところで、啖呵売の話だったな。

「さあ始めょうか、はじみょうか、はじめがあるからおわりあり、尾張名古屋は城で持つ、内の所帯はカカで持つ、カカの腰巻きゃ紐でもつ、紐のしらみは皺で持つ」なんか言うんだ。

じつはな、司馬さんの『台湾紀行』に同行したとき、ベテランの通訳のほかに中国人の学生が三人日本語の勉強だってんで同じバスに乗っていた。あたしゃあ日本語を教えてやろうと思ってな、「尾張名古屋は城で持つ」とやったら、司馬さんが、それは中国人には難しいと思ったんだろう、その場で実にわかりよく日本語にして説明をしてくれたもんだ。それを再現して見ろたってむつかしいが、強いて再現するってぇと、

「尾張というのは昔の呼び名で、今の愛知県の西を占めている地方の古い地名です。そこにある名古屋城は徳川氏の居城で、天守閣の金のしゃちほこが有名で、その城を見るために訪れる観光客が絶えません。その城があるから、名古屋もある、というほどの意味をこめて〝持つ〟といってる」

という調子だ、なーるほど、持つという事だってそう簡単にはいかないもんだ。

「内の所帯はカカで持つ」

「内というのは、まあ家と言っても良いでしょう、所帯というのはその家計のやりくりというような問題、カカアと言ってるのは奥さんのことだが、庶民は奥様とか女房

なんどという言い方よりも、カカアと親しみを込めて呼ぶ方がいいと思ってる風があります。その奥さんのやりくり上手のために、おいらの家が持ってるんだ、という意味です」(ここの司馬さんの発言はわたしが再現したもので、文責はわたしです)

「カカの腰巻きゃ紐でもつ」

と言ったとたんに、さすがの司馬さんも翻訳を投げ出した、そこであたしは、彼女たちに、腰巻きは解るかと聞いたら、解るという、紐はわかるかと言えば解るという、皺はどうだと言えば解るという、シラミはどうかと聞けば解るという、それならば、「紐のしらみは皺で持つ」ということの、意味は判断して貰うしかないと思ったな。

ところで彼女たちのうち三人は、台北の輔仁大学の日本語科の学生で、彼女たちの日本語は、そのころ産経新聞の台湾支局長をしていた吉田信行さんに習っていたはずだ。とすると、かなり読解力のつく指導をしていたことになるな。

まあそんなわけで、あたしなんぞは、祭りや、縁日のくるのが待ち遠しかった。縁日は独特の匂いにつつまれていたが、今思うと、あれはアセチレンガスの匂いだ。カーバイトという白い石ころみたいなものがある。これを独特のランプに入れて水を加えると、すごいガスが噴き出しはじめる。で、このガスを調節して火をつけると、勢いよく燃えるから夜店の明かりに、無くてはならぬものだった。今では電線をひいて裸電球を灯すことが多くなったから、あの懐かしい匂いはなくなったな……。ところで祭りといっても神社やお寺が問題じゃあないよ。露天商人の店と口上と、僅かな小遣いを心待ちにしてたもんだ。

定吉　「何でも透かして見えるめがね」を買ったとかいってましたね。

ばか、買やあしねえよ。

定吉　でも中にガラスの破片と鳥の羽が入ってたと言ったでしょ。買わないのにどうしてわかります？

ばか、友達が買ったんだよ。友達が！　一個十銭だったな、なんでも透いて見える。「これであんパンなんか見るてぇと、中が白餡だか黒餡だかってぇことが、すぐにわかる」てんだ、あんパンの中身を知るために、あたしがそんなものを買うか？　でも、見えるのは餡だけではないな。と、こうするうちに前列にいた子供がそれを無断で手にとって、覗いているもんだから、売り手のおっさんが、あわててとりあげていうな。「おい、それで女の人を覗くんじゃあねぇ、子供ってなにをするかわからねえからこまるよ、全く」とぶすぶすいうな。ところが、それで問題の「透視めがね」が売れるんだからおもしろい。

気合い術というのもあった。たくあん石ほどの石を木の棒にしばりつけて、それをコップの上にうまく立てる。これはよほど重心を調節しないといけないんだが、その気合い術師は「いやーーーーっ」と奇妙な声を発すると、驚くなかれ、その石をくくりつけた棒が、コップの上に立つんだ。「そんなのインチキだ」と冷やかす客がいたな。そんなことはない、事実として目の前に立っているんだから、インチキという方がいいがかりなんだ。ところが、その客がもう一度はじめからやってみろ、などというもんだから、気合い術師は怒って「いやーーーーっ」と気合いをかけた。すると、問題の客の手が当人の頭のあたりにくっついて離れなくなった。客は、「なんだ、なにをするんだよ、はなせよ、離してくれ」と、かなりうろたえて言ったな。

気合い術はすごい、やーーーっというだけで、相手を金縛りにできるのなら、こんなにいい術はない、あたしゃ買ったね。定吉！　あたしが買ったのは一冊十五銭の気合い術の巻物の方だよ。そしてよーく読んだが、終わりの方に「ただし修練が大切だ、何度もくりかえし、気合術ができるようになるまでがんばれ」と書いてやがるんだよ。

膏薬（こうやく）売りも来たな、前の方にいる子供の手をつかまえてバンザイをさせる。そして右手と左手をそろえてみるってえと、右の方がわずかに長い、「ほれこのとおり、手の長さは、その成長によって右と左にわずかな違いができる、ところが心配はない、この膏薬を一塗りすると、ほれこのとおり、こんどは右と左の長さが同じになった」

などとやるんだからな、本当だよ、本当にやってたんだからおもしれえだろ？

血をきれいにする薬てぇのもあったよ。目の前の試験管にどすぐろい血が入ってる。どす黒いといったが、血てぇものは頭で考えてるほど赤くはないな。「この血は濁っておる」とこう言うんだ。「ところが心配はない。ここに取り出した薬は、血をきれいにする薬だ。この薬を二、三滴入れるだけで、ほれこの通り、濁りがとれて透明になった」とやってた。これはな、あたしが、学校でならったことのある試薬だ、リトマス試験紙てぇのを学校でならったろ？　青い紙をお酢みたいに酸性のものにつけると、これが赤くなる、こんどは赤い紙をアルカリ性のものにつけると、青くなるてぇやつだ。そもそもこれが手品みたいなもんだ。この赤い紙には試薬ってぇ不思議な薬がしみこませてある。これと同じに、どす黒いほど赤いものを、全く透明にするかと思うと、その反対に透明なものを真っ赤にする試薬てぇのがあることを覚えていたもんだから、はは あこれはフェノールフタレインっていう試薬を使ってるんだな、うまいことをやるもんだなと、あたしゃあ知ったかぶりの感心をしたもんだ。それにしても透明な血てぇものは見たことがないし、その試薬を飲み薬にしても大丈夫かな、と心配だったけどな。

蝦蟇の油

ところでお立ちあい、薬売りなら『蝦蟇の油』に勝るものはあるまい。ここでは古今亭志ん朝師匠の名演技『高田馬場』から、引用させて頂くことにしよう（『志ん朝の落語』6、京須偕充編、ちくま文庫）。落語とはいいながら、ここんところでは一段と声を張って、名調子となる……。

「さあお立ち会い、ご用とお急ぎでない方はよォく見ておいで。遠出山越し笠のうち、物の文色と理方がわからぬ。山寺の鐘は轟々と鳴るといえども、法師一人来たりて鐘に撞木を当てざれば鐘が鳴るやら撞木が鳴るやら、とんとその理方がわからぬ道理だ、お立ち会い。さあッ、手前これへ取り出したる棗の中には一寸八分唐子ぜんまいの人形。人形細工人はあまたありといえども、京都にては守随、大坂表にては竹田縫之助・近江が大掾・藤原が朝臣。手前取り出したるは近江が津守細工、咽喉にはハイ八枚の歯車が仕掛けてあって背中には十二枚の鞐が付いている。この棗を大道に据え置くときには天の熱気と地の湿りを受け、陰陽合体して蓋が外れる。つかつかっと進むが虎の小走り虎走り、雀の駒取り駒返し、孔雀霊鳥の舞。人形の芸当は十と二通りある。だがお立ち会い、投げ銭、放り銭はお断りをするよ。投げ銭放り銭をもらわずして何を渡世にしているやというに、手前長年来渡世にしているは『金看板御免蝦蟇之膏薬』だ。ん？　さあ、ほオらっ、手前これへ取り出したるは四六の蝦蟇だ。先ほどの御仁のように、そんな蝦蟇は我家の流しの下、縁の下にいくらもいるというが、それは違うよ。これは四六の蝦蟇だ、なあ。四六、五六はどこでわかる。前足の指が四本、後ろ足の指が六本。この蝦蟇の棲めるところはこれより遥ゥーか東北にあたる常陸の国は筑波山の麓だ。車前草という露草を食ろうて成長をする。この蝦蟇の油を採るときには四方に鏡を立て下に金網を張って中に蝦蟇を追い込む。蝦蟇は鏡に映った己の姿に己でおののき、じりッじりッと脂汗を流す。それを下の金網に抜き取り、柳の小枝をもって三七と二十一日の間とろォりとろりと煮詰めたるがこの油だ。赤いは辰砂・椰子の油、テレメンテエカにメンテエカ。効能は金創、古傷に効く。まだあるよ。癰・疔・鱏・皸、田虫・雁瘡・瘍梅瘡、出痔・疣痔・脱肛・鶏姦、痔瘻にまで効く。お立ち会い、まだある。刃物の切れ味をとめる。さあっ、手前取り出したるは鈍刀といえども恥しきなまくらではない。（抜刀し）抜けば玉散る氷の刃。のうっ。

剣豪者が持ったるときには鉄の一寸板も真っ二つだ。だがお立ち会いの中には、なア、あの商人の持っている刀の、先端は切れて根元が切れぬ、中刃の切れない仕掛けでもあろうというお疑いの御仁がいるやもしれん。しからばここでもって試しに白紙を一枚切ってご覧に入れよう。白紙一枚切れるときには人間の甘皮一枚が切れるという。（刀で紙を切りながら）さあ、一枚の紙を切れば二枚だ。うん？　二枚の紙を切れば四枚、四枚が八枚、八枚が十と六枚、十と六枚が三十と二枚、三十と二枚が六十と四枚、六十と四枚が一百と二十八枚だ。さあっ、ふーっ（と紙片を吹き散らし）…、春は三月落花の形、比良の暮雪は雪降りの態と切れる。かように切れる業物でも差裏差表に蝦蟇の油をひとつつけ付けるときには、なまくら同様（袖をまくって左腕に刃を当て）、さあっ、叩いて切れない、んん？　引いて切れない、押して斬れない。以前のように蝦蟇の油を（刀を拭い）……拭き除ったるときには、おッ、ご覧。ええ？　触ったばかりでかように切れる。だがお立ち会い、こんな傷はなんでもない。なあ？　蝦蟇の油をひとつけ付けるときには、たちどころに痛みが去って血が止まる。ん、なんとお立ち会いっ」

蝦蟇の油売りの口上はなあ、あたしが若い頃何かの本に載っていたものだが、この通りではない、もっと簡単なものだったな。「シツにガンガサ、ヨウバイソウ、ヒビにアカギレ、インキンタムシ、イボジ、キレジ、アナジ、ジャッカジ」なんてんでな、どういう字を当てるのか全くわけも知らずに覚えて得意になってたもんだ。

いまになって、この志ん朝の『高田馬場』の中の一節、蝦蟇の油のくだりをな、読んでて、全く感激するんだよ。先に書いた板野さんの話では、刃に紅を塗っておいて、それで血が出る演出をするんだと聞いたことがあるが、その切れないはずの刀でうっかり切ってしまって、血をだしてな、「お立ち会いの中に、血止めの薬をお持ちの方はおらんかね」というのがオチ、という話もあった。ところがこの『高田馬場』はちがうよ、ちがうから、ぜひ読んでみてもらいたい。

ところで、あたしは広辞苑なんぞを出してきてしらべたんだ、「テレメンテエカ」というのは、テレピン油のことらしい。

「マンテエカ」というのは、ポルトガル語でイノシシの脂などから作る膏薬のまぜもので、器械のさび止めなどに使うものだと言うな。

「辰砂」というのは、鉱石の結晶でこれから、水銀をつくる、絵の具の貴重な材料だったが、毒性があるというので、このごろは使われなくなった。あたしが子どもの頃は、その辰砂を傷にぬったり、赤チンといって怪我した膝小僧にぬったりしたもんだがね、なにしろ、水銀というのは不思議なところがあるもんだから薬にもなるだろうと思ったらしいんだ。

「癰(よう)・疔(ちょう)」というのは、おでき、腫れ物の一種だ、昔のことばで、このごろはこういうおできというものをあまりみかけなくなったな。

「雁瘡」というのはな、雁が渡ってくる頃に始まり雁が帰る頃になおるといわれた、たちのわるい湿疹のことである。

「鶏姦」というのは、これは初めて知ったが、男性の同性愛のことらしい、へえ、これが蝦蟇の油でなおるといってるんだよ、すげぇ薬だ！

そういうわけで、この『高田馬場』にはまだまだおもしろいはなしが続く。

薬を売っているうちに、古傷をみてくれという男が現れるナ。

ああここのところは、だまっておれないほどおもしろいのだが、あまり引用すると悪いからやめよう。

かいつまんで言うと、話が「仇討ち」に発展するんだ。

その仇討ちの口上も、一種の決まり文句で、講談を聞いても映画を見ても、敵討ちとなると、この口上が出てくるから、落語的教養として覚えておいても損のない話だから参考のために、引用させてもらおう。

「なにッ？　岩淵伝内？」

一足あとへひょいと飛び下がるってえと、刀の鯉口を切って、

「やあ珍しや岩淵伝内。何を隠さん拙者は、その折乳飲み子たりし惣右衛門が忘れ形見、一子惣之助。これに控えしは姉のあや。汝に巡り合わんそのために我ら姉弟、蝦蟇の膏薬売りに身を変えて尋ね尋ねし投げ打ちの後ろ傷。ここで会うたが盲亀の浮木、優曇華の花待ち得たる今日ただいま、（挑発するように）ん？　親の敵だ、尋常に勝負さっしゃいッ！　姉者人っ、ご油断召されるなッ！」

と、まあそれは、大変な話になってくるんだ。これはもう、だまっておれないが、黙っていよう。これから先はやはり本を読んでもらわねばしかたがない。ただな、あたしがいいたいのは、この決まり文句の中でな「盲亀の浮木」というところだ。これはある日、数学者の野崎昭弘も「なんのことかと長い間疑問に思っていたが、盲目の亀が大海の中で、流木にであい、その流木の孔のなかへ首をつっこむほどに珍しい確率ということだった」と感慨深げにいったのが頭にこびりついていたから、ここでまあ受け売りをしたくなったんだ。

優曇華というのは、「仏教では、三千年に一度花を開き、その花の開く時は金輪王が出現するといい、また如来が世に出現すると伝える。」（岩波書店広辞苑第五版）とあり、まあとてもじゃないがあり得ない程に珍しいできごとてぇわけだ。

あたしが覚えていた優曇華は、ウスバカゲロウの卵のことで、これは電灯の笠や、窓ガラスのすみのあたりに生み付けられたもの、これは実際に見たことがあるんだが、ひょろひょろと長い柄のついた妙なもので、まさか虫の卵とは思えなかった。これを優曇華の花としゃれて、言ったと考えていたが、調べたところすこし違っていた。

正解はクサカゲロウで、それは、「アミメカゲロウ目クサカゲロウ科の昆虫の総称。また、その一種。形は小さいトンボのようで弱々しく、緑色。翅は透明、多くの翅脈がある。体長約一㎝。成虫も幼虫もアブラムシを食う益虫。成虫は灯火に飛来する。卵には長柄があり、優曇華（ウドンゲ）という。」（『広辞苑第五版』岩波書店）ということだった。

カイワレ

熊さんか、いいところへきたな、近頃顔を見せなかったが、なんでも近頃患ってたってぇはなしじゃないか。

熊吉 へえ、格別患ってるわけじゃあないんですが、どうも体の調子が悪うござんして……医者の話だと、肝臓に脂肪のかたまりがついていてうまくない、つまりそのう……親方の前ですがね……太りすぎだってんですよ。

お前は、だいたい食い過ぎだからな……。

熊吉 そうですかねえ、このごろ、みんなと飯ィ食うとき、気ぃつけて見てるんですがね、そこへくるってぇと定吉さんなんかあっしの二倍は食べてますよ。それでも格別太っちゃあいませんからね。え？ ビールですか、まあ、飲んではいますけどね。まえほどにゃあやりません。

そうかい、医者へ行っても薬はもらえなかったろう。そうだろうな、お前のはな、食餌療法っていうだろう……あれしかないよ。……うーむ、そういえばなんだか、顔色があんまりよかあないな、日い当たるってぇのはどうだね。

熊吉　へえ、そうなんで、たらこだとかそれからレバーがいけないと言われました、それから……運動しなきゃあだめだと言われましてこのごろ運動してるんです。ゴルフでもはじめたかね？

熊吉　とんでもねえ、親方がゴルフ嫌いてぇのは知ってますからね、ゴルフはやりません、散歩ですよ。ところで、えーと、定吉さんから聞いたんですが、太ったのが気ぃなりゃあうちの親方に相談しなってんで……、なんでも親方んところへ行くと、いい薬だか秘訣だかなんだか教えてもらえるらしいってんでね。

定吉がそう言ったか、定吉のやついつもよけいなことを言うから困っちゃう。第一あいつが考えてるような、そんなもんじゃあないんだから、よそへ行ってしゃべるんじゃあないぞと、あれほど言い聞かせておいたのになあ。まったく、あいつにゃあ手をやくよ……。で、なにかい「薬」と言ったかい？

熊吉　へえ。

だから、あいつは困るんだよ。薬なんかぁ家にはないよ……家探ししたって、一等丸（津和野の名薬）くらいしかでてこねえだろうな。まあ家に薬が無いってぇところに意味が無くもないがな。薬なんてぇものは、素人が、作ったり売ったりできるもんじゃあないよ。なーにたいしたことじゃあないんだ。……熊さん忘れてくれ、定吉のやつ、ほんとうに何を言い出すかわかったもんじゃねえ。

熊吉　親方！　なにも無いってえこたあないでしょう、あたしゃあここらで、すこし目方を減らさなくっちゃあ、ならねえわけがあるんで。

わけだと？　何かい好きな女ができたとか、ふって湧いた縁談があるとか、そんなんかい？

熊吉　へえ……縁談なんてありゃあしませんが、まあ……似たようなもんで、ちかごろ、ほら、あそこの泥鰌(どじょう)屋にいる娘が……「あんた、食べ過ぎじゃあないの、もうちょっと目方をへらしたら、いい男なのに」なんか言ったんです。「いい男なのに」ってえところははっきりとは聞き取れませんでしたがね。それでもあんなに親身になって言われたのは、あたしゃあはじめてです。親方！　考えてみておくんなさい、客がですよ、食べに来てるんですよ、それを、「食べ過ぎなんじゃないの」と言われたらどうします？

ははあ、そうだったか、それじゃあ薬も出ねえわけだ。あのな、あの子は、なかなかいい子だ。いい子だから、だれのことでも心配して、そのくらい言うんじゃあないかい？

熊吉　親方！　まじめに聞いてくださいよ。あたしゃ、本気ですよ！　じゃあなんですか、親方があの店ぇ行ったとき、「目方をへらしたら？」なんか言いましたか。見さかい無くおんなじことを言うんだったら、親方にも言うはずじゃぁありませんか……。

まあそう怒るな、言やあしないよ、第一近頃行ったことがないからな。まあ怒るな、それで、食べずに帰ったてぇのかい？

熊吉　帰れるわけゃあないでしょう？　注文しましたよ柳川を、でもすっかりアガっちゃって箸がつけられねえ。それでも少しだけつついて、「まずいから残すんじゃあないよ。おいしいこたあ江戸一番だ、でもなんだか今日は胸がいっぱいで、入らなくなっちゃった……ここへ金ぇおいときます……釣りはとっといて……」とかなんとか言って帰ってきたんですがね。そしたら、あの子が釣り銭を持って暖簾（のれん）の外まで出てきましてねえ。

店ぇ出てきたお前に、よく後ろが見えたな。

熊吉　親方！　いけませんか、後をふりかえるぐらいのことをしたっていいじゃぁありませんか。

あのな、まあ怒るな、お前の話はちかごろにない……いい話だ。それに……お前ぃの純情なところをはじめて見たような気がして、あたしの気持ちも暖まって、なんだか先輩ぶったことが言いたくなったんだ。それで、ふと、お前に聞かせたい話を思い出した。あのな……イタリアのレストランの話だ。あちらのちょっとしたレストランになると、メニューを持って注文を聞きに来るのは、初老の紳士風の人が多い。ごま塩頭でな、わかりやすく言うと大学の先生でもやってそうな人が、ちゃんと黒ずくめの服を着てメニューを持ってくるな。そこで、たとえば泥鰌を注文したとする。もし泥鰌が無いときはな、紳士はちらと厨房のほうへ目をやって、声をひそめていうな。「旦那さま、今日の泥鰌はお召し上がりにならぬ方がよかろうかと思います。実は二日前に仕入れたもんなんで……」とな。

熊吉 へえー、やっぱりちゃんとした店ってぇのは、あのう客のためを思って、言うんですねえ。

う、うーむ、そうだ、客が大切だ。一人の客をしくじってみろ、その客が余所へ行って悪口を言う、それを聞いた人間がまた余所へ行く……そうして次々に尾ひれがついて大変な噂になる。ところが、そのウエイター頭の言っていることはナ、演技だという話なんだよ……。

熊吉 ………?

だから人間は信用が大切だ、と同時に演技も大切だと言ってるんだ。信用ってぇのは人間の中身の問題だ。それに比べて太ってるなんて外側の見てくれだけの問題だ。お前気にするこたあないぜ。

熊吉　ちがいます、親方はそれでいいんですよ。あたしにゃあ体のことを心配してくれる人がいたんです。親方、なにか教えてくださいな、定吉っつぁんがたしかにそう言ったんですから。

定吉が何を言ったかしらんが……。

熊吉　親方、教えてください、痩せる方法を教えてもらえって言ったんですよ。おまじないでもあたしゃあ、ちゃんとまじめにやってみますから。それにしても、あの泥鰌屋の娘はいい子ですねえ。どうして気がつかなかったんだろう……。

そうだろう？　お前がため息をつくようになるだろう？　だから困るんだよ。定吉のやつ本当に困ったやつだな。嘘なんだから、まじめにやられちゃあ困るんだ。早い話が芝居は嘘だろ？　演技だろ？　でも、そんな舞台の上のことが、もしも本当だったとしたらどうなるか、と考えてみようってぇ、おもしろい話なんだ。芝居は「嘘と知っていながら騙される」だから、本当のことより笑えるし、涙も出るってぇわけだ。嘘だといってるのに、それを本当にするてぇのはお前ぇ、あれだな、松の廊下の舞台に飛び上がって吉良上野介をぶんなぐるようなもんだぜ。

熊吉　親方、かくさねえでくださいよ。

隠しちゃあいねえよ、お前にゃあ説明できそうにないんだよ……お前ぃはどう思うかしらんが、ある日、あたしが、サンドイッチを作って食べたと思いねえ。

熊吉　へえ！　思いました。

お前ぃも知っての通り、サンドイッチてぇのは、食パンに何かはさんで食うだろう。ふつうはハムだとかチーズなんてぇのを挟むな、ところがハムが無かったから、ありあわせのカイワレを挟んで食べた。それだけじゃあ寂しいから、すこしバターを塗ってな、それから海苔をのせてその上にカイワレをのせたんだ。これを二つに折る。そこでナイフでもって一センチくらいの幅に切っては食べる。あ……、言い忘れたがその前に醬油をぱらりとかけた。えーと、そうして一センチ幅に切るってぇとその切口はどうなると思う？　海苔の黒い輪郭の中にみずみずしいカイワレが見える。これはきれいだよ、切らなくってもいいようなもんだが、切らないとカイワレがすっぽり抜けることがあるからな。その一口がまあおいしかったんだ。ちょっとした苦みがあってな、さっぱりしていて、朝なんか特にいい。そこで、これにカイワレサンドという名前をつけてな、友達に自慢したんだよ。ところが誰も相手にしてくれねえ。「そんなものばかりたべてちゃあ、痩せてしまうわよ」なんかいいやがる。な、嫌みを言うじゃあねえか。「そんなの料理とはいわない」とかまあ口の悪い女もいた。……あたしゃぁ、よーしわかった。これが帝国ホテルのメニューに載るまで止めないぞ、って心に決めたんだ。なぜ帝国ホテルかというと、あそこにはシャリアピンステーキってぇものがある。それは昔、シャリアピンという歌手がこのホテルに泊まって、独特のステーキの作り方を伝授した。ところがこれがおいしいもんだから、とうとうその歌手の名をとってシャリアピンステーキというご馳走がメニューに載ったという話なんだ。どうだいそれで、まあおいしいステーキが広まったし、大げさに言えば語り継がれることになった、というわけさ。で……あたしも帝国ホテルのメニューにのるまでやめない、手を尽くせば一度くらいならメニューにのせてくれなくもないだろう。でもな、こちらから頼んだんじゃあ値打ちがないし、沽券にかかわる。あそこの社長も、知らない仲じゃあないんだから、使いをよこしてな、「いかがざんしょう、手前どものホテルのメニューに加えさせてはもらえないでしょうか」とかなんとか、頼みに来てくれたんならさ、心の中とはべつの顔をしてな、「は、まあ格別なんの不都合もありません、お礼なんかいりませんからどうぞ載せてやってください」なんか言うんだけどな。その日のためにもと思って、手始めに定吉ぃ食わしたんだ。……するとあまりおいしそうな顔をしねえ、どうだと聞いても自白をさせられるような気になるらしくって、何も言わない。あいつは馬鹿っ正直な奴だからな。……まあいいから、昼ご飯もそれでいくことに決めたんだ。いつもと違って、あたしの目の前で食べなきゃならねえ。でも昼には、これはなかなかいけますね、なんか言う。そうだろう、この味がわかるってぇのは舌だけの問題じゃあないんだ。

秘密結社

お前ぇ「舌先三寸」てぇ言葉を知ってるか。ほんとうの意味は、こういうときに持ち出す言葉じゃあない。……舌の問題じゃあなくて、ふつう教養という言葉で言ってるけどな。たべる人に備わってきている文化とでも言うようなもんが関係してるんだ。教養といっても大学の試験に合格できるというような難しいもんじゃあないよ。いわば、その人の人となりだ。お前ぃの教養は絶対に鼻に付くってぇことがない。だから本物の教養だ、一口にいえば無駄に歳をとらなかったってぇことだ。……こりゃあ定吉のことだ、いい年の取り方をしてるな、といったら、そうでしょうか、と言って涙を浮かべた。そうだとも、とあんとき、あたしの知ってる小林という青年の話をしてやった。……どうもあたしの話は横へそれていってまずいな。まるで山本夏彦先生みてぇだな。先生はな、あまり話が枝葉にそれてってもとの幹がわからなくなって「いまなんの話をしとりましたかね」って相手に聞く。相手はな「小林青年の話で」とかいうだろ？　するとああそうだ、えーそのー小林とはパリで会ったんだが、というぐあいに続くんだ。その山本夏彦は惜しいことに亡くなった（二〇〇二年晩秋）。葬式に行ったんだよ、すると、普段はあまり見たこともない、いい顔の写真が飾ってあった。うーむ、こりゃいい写真を撮っとかんといかんぞと思ったな。……あ、何の話してたかな、ア、小林青年の話だ……彼は写真家なんだ。

　彼の言うには、十六歳のとき、シンガポールまで行ける金を持って家を出た、ここんところはあまりほめられないけどな。一人のおっかさんを置いて出たらしいからな。それはともかく……それから西へ、西へと無銭旅行を続けたというんだ。あそこからじゃぁ大変だよ。インドを横断するだけでも命がけだが、それからイラン・イラク・アフガニスタン・トルコ・ギリシャまだまだ地図を見なきゃ言えないほどの国を歩いた。

　食べ物を恵んでもらったり、なんだか仕事らしいものの手伝いをしたり、まあ財産は持ってないから盗まれるもんはなかったが、紛争中の国も通るから、命があぶないかなと思ったことはあるそうだ。そうして十年以上かけてパリにたどりついた。あたしと会ったときゃあ通訳で、つまりフランス語はぺらぺらになっていて、そしてカメラマンでもあった。奥さんがフランス人で、なんでもファッション関係の写真を撮ってるってぇ話だった。いいかい、彼には大学の卒業証書はない、しかし彼が十六のときから生きてきた道ってぇのは、大学でとれる単位を遥かに超えてる。彼は試験にゃあ受からないだろうが、真の意味の教養ってぇものが身に付いていると思えるんだよ。

……定吉……お前ぃいくつになるかい、と聞いたら十七だという。早いもんだ、もう十四年になるか、お前がなぜ家ぃいるのかということを自覚してからというものは、まったくこまねずみのように、くるくる働いたな……上の学校へやれなかったのは申し訳ないが、いまからでも遅くないから勉強してくれ、お前ぃには学校で教わらないことが身についてる。それが強みだとな……、あのカイワレサンドを食った日から、定吉は変わった。独学をはじめてな、部屋にこもって本を読むようになった。どうだね、カイワレサンドの味てぇのは、その人の人生が聞き分けるんだ。定吉の目つきがこのごろ冴えてると思わないかい？

熊吉　そうですか、ははー、たしかに定吉っつぁんの目つきは変わったような気がします。カイワレサンドてぇものを食べると、人生が変わりますか？

カワル、しかしそれはカイワレサンドが薬のように効くてぇ意味じゃあないよ。変わる変わらぬは自分の心がけ次第だ。神様がそもそもそうだろう、いくら天神様を拝んだって、自分が努力しなきゃあ試験には受からねえ。天神様の階段を上ったり降りたりしてお百度なんか踏んだら疲れるだろう？　そこへくるてぇとカイワレサンドは腹の足しくらいにはなるからな。どうだい、熊公、お前ぃも食べて見るか？

熊吉　へえ、あたしゃ、なんでもします。定吉っつぁんが言ってたことが、わかるような気がしてきました。こころの持ちようで、こりゃあきっと痩せますな。は、これがそのうカイワレサンドで、へえ、醤油をぱらりとかけますか、それからナイフで切る、一センチてぇとこのくらいですかな、親方、物差しはありませんか？

ばかなこと言っちゃいけないよ、なにも物差しで測らなくたって、およそでいいんだよおよそで。

熊吉　ははあ、このくらいで、あ、切り口が、きれいですな。巻き鮨の切り口に似てます。は、これはおいしい、にがみがいい、それに清らかですな。清らかってぇのは、煮たり焼いたりいろいろ複雑なことをしないで、このうスパットした味てぇことですかね。

いいか、お前ぃもこのカイワレサンドクラブのメンバーになるか、なったら最後だぞ、これは秘密結社で戒律がきびしい。

熊吉　え、秘密結社てぇのは?

あのな、カイワレサンドを食べてると、お前ぃの場合は、まず痩せる。痩せることと、泥鰌を食べることが矛盾しなくなる。しかしな、お前さんがカイワレサンドクラブのメンバーということになると、人からばかにされるかも知れないから、知らんぷりをしてることだ。「このごろカイワレサンドクラブてぇものがあるそうだよ」というような噂を聞いても、知らんぷりを通してな、あんなもんは迷信だよ、といってのける。ここんところが大切なんだ、お前ぃの知らんメンバーもいるよ、カイワレを食うようになってから、原稿が締め切りに間にあうようになったという人もあれば、その人から影響を受けてメンバーになり、声がよく通るようになったというオペラ歌手もあるし、お姑さんと同時にメンバーになって、うまくいきそうだという人もある。でも、それは誰と誰というような、その名前は明かせねえ、そこんところが秘密結社のいいところだ。でもこりゃあ本当だぜ、よくあるところの広告塔じゃないぜ、広告塔なら名前を立てなきゃあしょうがないんだもんな。そんなわけで、噂を聞いた……すてきな女優さんがさ「メンバーにしてください、わたしを支部長にしてください、何人もいますから、なんでもして尽くします」ってぇからな。そうですか、秘密結社ですよってんでね、入っちゃった。言ったとおもうが、こりゃあ芝居だからな。メンバーになったって痩せる効果もハッピーになる保証も本当はねえ、そういう芝居なんだから……。ところが、すごい信者が出てきてな、この方はさる有名なグループの事務をしている青山広子という人だがね、そのグループの晩餐の席でさ、何食わぬ顔で「とりあえずカイワレサンドをお願いしたいんですけど」と、まあ実演しちゃったんだ。な、すると、そこのウエイターはいったんは引っ込んだが、出てきて、「今日はできないんでございますが……」と言うんだな「あらそう、じゃあいいわ」てなもんでな。その時の女史の顔つきは「なーんだ、ここのレストランは、……遅れてる……」という目つきになってた。すると、そのグループのメンバーの一人が「なんだいその、カイワレサンドとかいうもんは?」と聞くじゃあないか。

「あら、ご存じなかったんですか、まぁ、いま話題になってますのに」と、これは大芝居だ。「ちょっと言いにくいんですけど、あのう……わたしの先輩の……あのう、はっきりいいますと、（消え入りそうな声で）まあ閉経期をむかえてしまった人がですねえ、カイワレサンドを毎朝たべていたところ、なんとおめでたになっちゃったんです、どうしましょう……」

大芝居だ、捨て身の演技だな。これは効いた「じゃあ、おれたちにも効くだろうか」「そりゃあ効くでしょうよ」ということになる。そう言ったもんだから青山広子さんは引っ込みがつかなくなって、もっともらしくそのレシピを指導した、当人たちの効果のほどは聞き漏らしたが、後日例のレストランのコックが、「あのう、先日のカイワレサンドのことなんですが、恥ずかしながら存じませんで……、どうか一つ教えていただけませんでしょうか」ということになったてんだな。そのときようやく本当のことが言えて重荷をおろしたとか言ってた。

こりゃあね、意外に人は人の言葉を信用するということの、良い例だと思うな。言葉でこのくらいだから書いた文字となると、もっと信用される。テレビなどで演出をうまくやりゃあもっときくだろう。つまり本当かどうか、裏のとれていない話が出回るという一つの証拠にもなるってぇことだ。こりゃあ、われながら注意しなきゃいけないと思うな。

熊吉　でも、おもしろいですねぇ、あたしみてぇなもんでもメンバーになれますか？

うん、ちょっと危ないな。たびたび言うように大事なのは、これはみんな「芝居」ということだ。もともと芝居をやってる女優さんは、芝居だってぇ話がわかりいいらしい。……いいかい……メンバーになった以上は芝居なのに、それを芝居だとは思わないというのが一種の戒律だ。うっかりそれを本気にして、これをもとに金儲けの種にしようなんて料簡をだしたら即刻除名だぜ。つまりこの結社には、入会金は要らないし、会費もいらない、ただし会報を出すから、その会報がほしいものは実費を出さねばならん、これはまあ当然だ。で……金儲けとは関係ない、したがって、カイワレの宣伝でも、海苔や、パンの宣伝でもないから、たとえばカイワレの業者から寄付をもらったりしない、お前が、清らかな味ですな、と言ってくれたのは、いみじくもこのことと関係があるかもしらん。……あ、おい、たべ終わったな。

熊吉　へえ、こりゃあ、嘘でも効きそうな味ですな。今度から毎朝これにします。そして、なんとかしてあの、泥鰌屋の娘に食べさせたい。

ああ、そうか、それもいいだろうが泥鰌屋にカイワレは、似合わないかも知れんぞ。

熊吉　あ、定吉っつぁんが帰ってきました。え？　塾へ行ってる……はあそうですか、元気そうで、がんばってますな。今日はどんなことを……「円錐形の体積の計算」……、ははあ、偉いもんですな、だんだん難しくなる、はぁ、そうでしょうな、あたしもならったような気はするが、すっかり忘れちまった。……あたしの高校時代は「あーかーいゆうひがーこうしゃをそめーてー」てなもんで、勉強よりも部活の相撲に一所懸命だった。あれですなァ、このう勉強てぇものは、教わるばかりじゃあなくて、自分から進んで学ぼうとするんでなくちゃあ、だめですな。
そうなんだ、お前いいことを言うな。何事も、自分から進んでやらなきゃあだめだ。お前は親父の後を継ぐことになってたから、あまり勉強しなかったんだろう。体積はいいとしてもブリキ屋なんだから面積くらいは必要だぜ。

熊吉　ええ、面積ならおよそわかります。ところがな、学校で習うことと、実際はちがうらしいな、職人の経験からみたらそれで済んだと思ってるかもしらんが、本当の勉強てのは直接役立つもんじゃあない。なあ定吉、塾の先生もそう言っていたってな。

定吉　へえ、「このごろの人間は、勉強てぇものを、受験のために役立てるもんだと誤解してる。それじゃあ試験が終わったらすぐに忘れる、ほんとうは試験のためじゃあない、自分のためだと思えたらおもしろくなるんだ」とそう言ってました。「君たちも、円錐形の体積の計算を習うけれど、それも、将来建築家にでもなったときに役立てようってんじゃあない。円錐とか、三角錐とかそれに四角錐でもいい、なんでもとんがり帽子みたいに先の尖ってるものには、その底面積と高さと体積との関係に、見事な秘密が隠されているということに気がつくことだ。もっとも時代がせっかちだから、学校の先生が手伝って、発見といってもいい感動を奪ってしまうてぇことはある。学校てぇのは、まあそんなところだ」とおっしゃいます。「こいつぁクイズでもパズルでもない。試験問題みたいに人間が隠してる秘密じゃあないぞ、自然が隠してる秘密なんだ。その秘密を見つけたときの歓びったら、もうほんとうに、当分ものも言えなくなるらしい。ここらの言い方はあたしの意見というよりは、数学者のエッセイを読んで、あたしが想像で言ってることなんだが、わたしもその自然の秘密を、自分の力だけで発見してみたいと思ったこともあった。でも……ついに憧れに終わって、今は老いた教師で口をしのいどる」と、まあ、そんな風に言われます。

おい、定吉、おまえの塾には、なかなかいい先生がいるなあ、そのとおりだ。人間はな、算盤の名人にはなれても数学者にはなかなかなれないぞ……。絵描きになるとか、音楽家になるとかいったら親はほとんど反対するが、子どもが数学者になりたいなんか言い始めても同じだ。こりゃあ大変だ……。

熊吉　は、あたしゃあ、これで失礼します。こんど正式にカイワレサンドクラブの入会願いを持って来ますから。はい、では、どうも、定吉っつぁん、ありがとう、きょうはいいことをおそわったよ。

定吉　は、じゃあよかったですね。

（その後、インターネットで調べていたら「カイワレサンド」という言葉があり、それを芝居じゃあなく、まじめにやっておられる人たちのあることがわかった。ここに書いたことと、ほんもののカイワレサンドとは関係ない。なお、あたしのいうカイワレサンドは、むかし『エブリシング』という本に書いたことがある。そのころは、まだインターネットというものはなかった。）

「と、言われています」

定吉！　今日な、車で銀座を走っていて「緑茶はガンに効くと言われています」と書いた看板に出会った。ところがこの看板には、だれがそう言ったか、というところが抜けている。これで話がまとまるんなら、かなり無責任なことが言えるてぇもんだ。そこで、よくある広告文のように「元がんセンターにおられた、大方宗太郎博士が推奨しておられます」と書いて、責任のあるところをはっきりさせているような例もあるが、「元」という言い方には、疑わしい点が残る、そういう風に人のせいにしないで、「わたしが保証する」と言ってもらいたいじゃあないか……。

もっとも、責任のあるところをあいまいにして、かどの立たない言い方にするという、美風? が、日本語の中にないこともない。「と言う説がある」というような言い方だが、学術論文じゃあないし、薬効のように、健康に関わる問題じゃなかったら、いちいち、話の出所(出典)をたしかめないでいいという、無言の了解がある。これは文字で書くのでなく会話という場合が多い。言葉と文字は本来同じであるべきなんだが、ちがうんだね。また「出典を知っているのだけれど、その人に迷惑がかかってはいけないから、今は言えない」というような場合もあろうな。まあしかし、この言い方は「と、言われています」と似たようなものだがね……。

ちょっと違う話をするが、えー国語の試験などで、「『蕎麦喰えば長生きすると人の言う』というような問題が出ることがある。その原文を書いた当人にもわからない、とよく言われているところの問題だが、それはともかく、実験してみよう。

なにしろ、A~Eの回答は、著者が書いたのではなく、試験問題を作る人が書いたものだから、原著者にもわからない場合がある。こんなときは正しい答えというよりも、問題の作者がどれを正解にしようと考えているか、ということを想像する力が大切になる。変な話だが、一般に問題の答えは、自分の考えというより、先生の考えておられること（意向）を想像して答えるといい、とまあいわれとるんだよ、まあこれは嫌みだけどね。

それでは問題

『蕎麦喰えば長生きすると人の言う』

この短い言葉は何を言おうとしているのか、次のAからEまでの記述から選んで○をつけなさい。

A　蕎麦の産地の人は、統計的に長生きしている、という話から出た考え方。

B　蕎麦さえ主食にしていて、長生きができるという人があった。

C　「蕎麦をよく食べていれば長生きができる」と言う、言い伝えふうに書いた、宣伝風な戯れ句。

D　蕎麦の嫌いな人や、蕎麦のアレルギー体質を持っている人が長生きができないという心配もある。

E　蕎麦を食べると、長生きができるという人もあるので、蕎麦を食べることを人にすすめよう。

答えを考える

＊A　実際に統計をとらないまでも、病気が流行しているとか、ガンの発生率が異常に多いなどのことから、何か原因があるだろうと推測し、統計的に調べてみるというのは科学の方法の一つである。昔の陸軍は海軍にくらべて脚気にかかる人が非常に多かったが、それはなぜか、と考えてビタミンBに行き着いたのも一つの実例である。ついでに言うが、水俣病も、アスベストによるガンの発生も、統計的な考察がその原因を突き詰めていく方法だった。

＊B　この文章をよく読んでみると、テニヲハ、が不正確でよく理解できない。つまり文章がよくない。A～Eのような回答例の中で、回答文が文章としてよくないときは、それが×だと考えていい場合が多い。

＊C　これが一番言い得ていると思える。そういう言い伝えを聞いたことはないが、戯れ句として作ることはあるかもしれない。コマーシャルというのはおよそそういうものだ。

＊D　うらを返せば、そういうことにもなろうが、これでは、解釈ということにならない。文章にも疑問点がある。

＊E　この、文章では、一度蕎麦を食べただけでも長生きができる、という解釈もできるので、宣伝文にしても無理がある。

ほかの試験問題でも同じだ。これは問題を作る人が無理に間違いを作ろうとしているためにいい文章が書けないことから来ていると思う。この試験問題の例をあげて、一番言いたかったのはこのことなんだ。

「同じ宣伝文や、効能書きでも、いかがわしい薬や化粧品などの場合は、不思議な横文字が多い、大げさに言う、文章を書いた人の責任がはっきりしない、文章に無理があるなどして、このテストの例のようによく読んでみるとおもしろい。日本語としてはっきり伝わって来ないときは、内容のないものを、あるかのように書いている疑いがある」

疑いながら読むのは大切なことですな……。

サプリメント

定吉　親方がカイワレサンドと言ってるのは、サプリメントみたいなもんですな。そうだな、まあ、そういうところだ。たしかにこのごろサプリメントという言葉をきくようになったな、わたしゃ遅れてるので、なんのことか！　と思って辞書を引いてみたら「補助」と書いてあった。補助食品と言うところを、サプリメントと言うとなんだか、よさそうに見えるからね。あんなものは、カイワレサンドに比べればなんでもない。

定吉　ホウレンソウを一缶たべると、急に力がついてきて、まるで金床(かなとこ)みたいな力こぶがでてくるって漫画があるけど……カイワレサンドは漫画じゃないですから……。

うんホウレンソウにもビタミンAなんかがたくさん含まれているし、なにしろ繊維質てぇことにも意味があるらしいぞ。でもホウレンソウが体にいいことはまちがいない。早い話が、ホウレンソウから取り出したのはホウレンニンで、キャベツから取り出した、ナントカニン、タマネギからとりだしたナントカニン、ごまからとりだしたナントカニンとかいうけれど、じゃあホウレンソウやタマネギなどを、そのまま食べたんじゃあいけないか、ということになるだろう？　そりゃあ直接食べたっていい、むしろその方がいいが、胃の悪い人もあるし、食べたものがみんな消化吸収されるとは限らない。だから、そこんところをうまいぐあいにやって、つまりにんじんが嫌いな人にもにんじんを食べてもらおうってんだ。ここのところは意外に大切だよ。牛に骨粉を食べさせるのは、本当はすごいサプリメントだったと言ってもいいな。放っておけば牛は骨というものを食べはしない、粉にして他の草に混ぜれば食べる。彼等のための栄養として効いた、そのかわりに狂牛病という、それまでに無かった病気が持ち込まれたことになる。だからやっていいことだったかどうか、という話になるナ……。

まあしかし、サプリメントという名で売り出されている栄養食品の大半は何らかの意味があるとみていい。しかし見てくれが薬の格好をしているというのは、内心気恥ずかしいところがありはしないかとよけいなことを思うんだがな。むかし注射液を入れるガラスの容器があってな、そのくびのところをヤスリでごりごりと切ってふたを開けて、その中へストローをつっこんで呑むっていう栄養剤があった。ロイヤルゼリーなんかが多かったがな、そういうものが薬の姿をとって並んでいるところが妙なんだよ。

で、おもしろいことに、サプリメントは薬ではないと断ってある。短く言うと、薬の装いをした健康食品ということになる。「食べる」という考え方で、薬の効果を言ってはは法律にふれるらしい、そうだろう薬という奴は、効き目があるぶんだけ副作用もあると思っていいくらいだからな。だから薬は勝手にのんじゃあいけないんだ、お医者さんに指導されてのむのがたてまえで、厚生労働省が薬として認可しないと、薬というわけにはいかない。

そうはいっても、果物のジュース、野菜のジュースなどは「青汁」といって、薬効にまけないほどの値打ちがあるという。そこでジュースを搾る道具を買ってきてな、いろいろとためしてみた。ホウレンソウだのチサだの、タマネギなどをぶちこんで、青汁を作った。ジュースはできるが、どういうわけかあぶくがたくさんできて、これを呑むのがたいへんだった。考えてみると、胃が悪くて消化できない人がいるだけでなく、歯が悪くってよくかめない人もあるからな。そういうことまで考えるってぇと、サプリメントも悪くないか、ということになる。

草根木皮といってな、中国では昔から山の中にわけいって、草の根、木の皮、ふしぎなきのこなど、不老長寿の薬はないものかと探して歩く習いがあったな。朝鮮人参など

薬研

はその中でもすぐれているとされ、韓国では栽培に成功して、門外不出の秘薬となってるが、なお山ん中で自然に生えているものはとりわけ貴重だという話だ。これはサプリメントではなく漢方薬だ。

むかし、薬研（やげん）というものがあってな、平たく言えばすり鉢だ、薄い鋼の独楽（こま）をおもうといい。この独楽のまわりを研いで刃をつけたとするな、そして独楽の心棒を取っ手だとしよう、こんどはその独楽のような刀を受ける鞘のような受け皿を考えてもらいたい。この受け皿のなかへ乾燥した草根木皮を入れて、この独楽でごりごりとおしつぶすように磨ると、さきほど入れた草根木皮が粉々になるってぇわけだ。

つまり、粉薬になる。ところが、さきほどのジュース絞り機も、いろんなものを粉にすることができるのがおもしろかったよ……。

ところで、人間てぇもんは、「混ぜれば、何かが起こる」というへーんな先入観というか、そのう、迷信めいた気分というものを持ってるとは思わないかい？

自家製サプリメント

あ、この間の夕刊（二〇〇六年一月二十八日「朝日新聞」ニューヨーク発、江木慎吾）におもしろい記事がのってましたよ。大豆タンパク質やそこに含まれているイソフラボンという成分が悪玉コレステロールを減らす効果があるから、心臓病を予防できるといわれてきた。アメリカの食品医薬局（ＦＤＡ）は豆腐なども「コレステロール低下」の希望が持てる、という言い方をしていましたが、ハーバード大学のフランク・サックス教授は、「大豆食品が健康的だという点に異存はない。ただ不正確な研究を基に、心臓病予防などに効果があるとされていた点について見直した」と言っているという話です。

イソフラボンなんて、あたしなんざ見たこともありませんが、だからいわんこっちゃない、という気になっているんです。ところで、

えー、これは定吉に聞かせる話じゃぁありません。おもしろ半分に自家製のサプリメントを作ったたってぇ話です。草根木皮ではなくっていいことにして、最近ためしてみたものをあげてみます。

お刺身に醤油をつけるのは、これも一種の混ぜるしぐさですが、この程度ならまだ混ぜるところまではいきません。あたしゃ納豆にわさび漬けをまぜるくせがありますが、これもまあ、合わせてる程度ですな。もっとも納豆はなんにも入れなくったって

混ぜますからしかたがない。いいたいのは、お料理、テレビなんかで見てるってぇと、まあそれはいろんな調味料やらなにやら、やたらと混ぜるでしょ。まあそれもいいけど、あれは、錬金術時代以来の人間性かもしれないなと思ってるんです。

「まぜると、何らかの変化がおこるような気がする」どうもあたしの話は、前置きが長くて困りますが、言いたいのは、まず粉にする、そうして小さな袋に入れる。すると、何がおこるか？　薬めいたものができる。このさい草根木皮でなくったっていいんです。

じつは最近ためしてみたものをあげてみましょう。

煮干し、椎茸、め昆布、松の実、ごま、そば茶、緑茶　クコの実、乾燥ニンニク、乾燥トマト、乾燥タマネギ、鰹節（これは粉末にしたものを売っている、昆布の粉末もある）、黒豆、レンズ豆、カボチャの種、ういきょう、くるみ、乾燥どくだみ。

これらのなかで、煮干しや小魚を粉にするのも悪くないですな。でも、それだけで調味料ですから他のものと混ぜないほうがいいと思いました。ああ、そうですな、はじめ粉にして混ぜてみたんでしたが、そのつど混ぜればいいのでした。

・椎茸

干した椎茸を粉にしてなめてみました。これはさすがにおいしくていくらなめても、足りないくらいでした。で、これで、サプリメントがやれるとおもったくらいです。たまたま山形県物産展という催しを見て、ごま大福というものを買って参りまして、その大福に、椎茸の粉を徹底的にまぶして食べましたな。直径七センチくらいの乾燥椎茸をそのままみんな食べたことになりますんで、その翌日下痢をしました。ただし一回で治まりました。いろいろ考えてみると、どうもこの椎茸が原因らしいんです。その後椎茸の粉は試していませんが、あんなにおいしかったのに、煮たり焼いたりして調理したものでないといけないのかと不満です。おいしかったのでもう一度挑戦してみたいのですが、どうなんでしょう。こういう実験は自分をモデルにしてやるのはいいけど、他人をモデルにしてはいけないことになってるらしいですな。だからもう一度いつかやってみます。

・クコの実

乾燥クコの実を粉末にしてみたら、水分を含んでいるせいか、少し水を加えて練ったようなものになりました。味は、薄味の干し柿とでもいうかんじです。クコは、健康食品としてだいぶ前から喧伝されていましたが、あたしはまだそんなにたくさん食べていないので、効果のほどはなんとも言えません。これは椎茸などあまりの微粉になって、煙のように舞い上がるものに少し混ぜると、粉が落ち着いてぐあいがいいですな。

・揚げお多福豆

子供のころから好きだったもので、できれば、粉にせず、そのままで食べたいんですが、堅いので、皮をむき、実の部分だけをとりだして粉にしました。これが滅法おいしいんです。もっとも歯のいい人は粉にする必要はない、ここんところがサプリメントの意味だといえますかな?

・松の実

これは、レストランで食べるスパゲッティやサラダなどに入って出てくることがあります。わたしはあまり関心がなかったんですが、さる友人がさんざんすすめますので試してみました。これを粉末にすると、クコの実のときのように、しんなりします。これはやわらかいんだから粉にするほどのことはないな、と思いました。このようなものを買うときは袋に「何々にいい」というような、有り難いことが書いてあります。あまり信用しませんが、気休めにはなります。

・カボチャの種

これも、悪くないです。多少湿っぽいところがあります。食べるとなかなかおいしい。

・クルミ

あたしが買ったのは、きれいにむいてあって、殻から実をとりだしたものでした。すると、やはり味気ないですな。くるみはやはり、殻をわりながらたべるほうがいい。思いだすんですが、村松という友人が、鳥にすり餌を作ってやっていたところ、さる学者（坪井忠二、地球物理学、一九〇二—一九八二）がたちよって、「君い、籠の鳥にだね、種を嚙む楽しみくらい残しておいてやったらどうだ」といわれて、絶句したと言ってましたが、そうですなぁ。それをいうなら、即席料理なんてぇものも親切すぎますかねえ……。

・黒豆を煎ったもの。

これはいわゆるきな粉になります。ところが、きな粉として売っているものに比べて、段違いに美味しい。作りたてのほやほやだからですかな。そうです、粉末製造器があれば、そのつどきな粉を作る方がいいです。時間はかかりません。

・津和野の「たかつや」という薬屋で手に入れた漢方の紅参（コウジン）は煎じるのがたてまえですが、これも粉にして混ぜてみました。これはさすがに薬くさくて、薬屋さんの言う通りにするほうがよろしい。きな粉などと同一にはできません。

この紅参のほかは、みんな味の本家みたいなものばかりですから、これらをサプリメントの気分で牛乳やお茶で溶いて呑むってぇのはわるくないと思います。だまってりゃあ薬にも見えます。ひじきの粉なんか黒いから、イモリの黒焼きみたいな気分になりますからおもしろい。ところで、これらはれっきとした食品だから、アレルギーを言わなければ副作用ってぇことはありません。強いて言えば乾燥してるものをおなかの中でふくらませると、食べ過ぎってぇことになりはしないか、という心配はないでもないが、これらはみーんなあたしの人体実験が終わってることだから心配ありません。

ところがアガリクスという茸が話題になりました。その同じ名前の茸を築地の場外市場で買ってきましたが、一袋六〇〇〇円くらいでした。これはまだ試してませんが、まあ似たようなもんでしょう。

「溺れるものは藁をもつかむ」

えーむかしから「溺れるものは藁をもつかむ」なんてぇことをいいます。溺れそうになると、何とか助かりたいと思うものだから、何にでもつかまろうとする。藁なんかなんの足しにもなりませんが、それでもつかもうとするというわけで、うまいこと言ったもんですなぁ。溺れそうになってるときは、前後の見境がなくなる。考えてる暇なんかない、おそろしく弱い立場です。

ところで、皮肉な見方をするってぇと、世の中は、この格言通りになってますよ。藁を売ってます。藁を売るためにはどうすればよいか、早い話が「溺れさせればいい」というわけです。テレビなどのコマーシャルを見てごらんなさい。「溺れさせようとしている」といわれても仕方がないものが多いですよ。「この調髪料を使い出してから女にもてるようになった」というような言い方は、つかまるものを差し出してる気分ですな……。

どうでしょう、身の回りを見渡すと、随分藁がございますよ、藁で満ち満ちてますよ。

たとえば、人間てぇものは、世の中へ出て一人前になり、いい相手を見つけて良い家庭を作らねばならぬ、と、まあふつうは考えてます。

この方向に向かって進むには、まず良い会社に就職しなければならん。そのためには、良い大学を卒業せねばならん。そのためには進学率の高い高校へ行かねばならん。そのためには良い中学校、小学校へいかねばならんし、それだけではすまなくて、良い塾に通いつめねばならん。小学校ではもう遅いくらいで、幼稚園の時代から、早期教育を考えねばならん、とまあこういう話の持って行き方がそもそも、人間を溺れさせてますな、学習塾はもちろん、いろんな学習の本もよく売れるということになります。宗教の勧誘なんざまさしくそうで、あたしの友人の奥さんが入院したら、病院まで勧誘に来ましたからな。薬を売るのも似たようなところがあって、今に始まったことじゃあありません。

世は宣伝の時代です。「主張すべきことは主張しなければならんし、自分の考えはできるだけ、良い形で人に伝えたい」、これが宣伝の基本ですな……。

この限りで、宣伝というものに意味があり、宣伝はなくてはならぬものとなります。ただし「藁を売ってる」と、痛くもない腹を探られたのでは、宣伝の権威にかかわることになります。

花森安治の主宰した『暮しの手帖』という雑誌は、広告をいっさい載せないという意気込みでスタートしました。だから信用もあって、その評価も高いものでした。広告を載せないから遠慮無く商品の実験をします。たとえば「前に倒れてくる冷蔵庫は困る」と名指しで批判しました。まさか前に倒れる冷蔵庫なんか無いと思っていたら、あの扉にビールなどをいっぱい入れて、本体のほうを空にすると、前に倒れてくるというのです。これは気がつきませんでしたね。広告をのせていると、これが言いにくい、だから『暮しの手帖』の役割は大きかったんですが、でも、世の中ってぇものはそういうまじめな声がいつも聞いてもらえるとは限りません。で『暮しの手帖』も苦戦しています。

以前、洗剤のコマーシャルで、おろしたてのワイシャツを見せて、こんなにきれいにできあがります、とやったことがあります。なにしろそのとき出演した女の子が証人でした。そこで、時の主婦連からつるし上げられた例がありましたけど……、それは主婦連の方にちょっと無理があると思いましたな。そういうのは（コマーシャルとしても）「表現」というものの許容範囲だ、少しくらいオーバーに言っても、「藁を売ってる」わけじゃあないんだから、もし問題にするのなら、他にももっとありますよ、ということになります。

女の人がお化粧をし、身繕いをして見合い写真をつくるのも表現というものです。妹の写真を「これがわたしです」（イメージ映像です）といったりすると嘘になります。写真で思い出したからついでにいいますけど、若いときの自分の写真と今の写真とを、うまい具合に使うと、若返りの秘薬、使用前、使用後の宣伝ができます。どうやればいいか、これはちょっとおもしろいからだまっておきましょう。

恩師

弟も碁が好きでして、とうとうあたしより強くなってしまいました。碁の話ははずみまして「世の中には強い奴がいるもんだ」とかね「あれでまあ、よく碁を打つなんてぇことをいうなあ」なんぞと、人の悪口を言ったりしましてね、こういうときはいわゆるプロのことをいってるんじゃぁありませんよ、ざる碁の仲間うちの話なんですけどねぇ。

ある日「勝見先生が『笠碁』になっちゃったらしいよ」というじゃぁありませんか。勝見先生という方は、弟が山口県の学芸大へ行ってる頃に習った絵の先生でもあり、また、その後住んだところが大阪の正雀(しょうじゃく)と東大阪という、近くの関係もあって先生の碁のお相手もできたんです。

むかしあたしは戦後のいわゆる、デモシカ先生でしたから、このまま教員をつづけるのなら教職課程の単位ってぇものをもらって、正式な教員免許状を手にしなきゃあいけないってんで、無料で学芸大の研究科というところへ通わせてもらいました。

これはただ勉強してりゃあいいし、絵も習えるという、なんともありがたいことで、あたしが勝見謙信先生という方にであったのはそのときでした。

美術の時間になると、「おまえは、教室にこなくていい、どこへでも行って絵を描いて、それを持ってくればそれでいい」と言ってくださったんです。こんなありがたい話はありませんな。あたしは、そのころ学校にあった石膏像のデッサンを片っ端からやりまして、それが終わると風景やら果物やら、毎日描かぬ日はないという、世にも幸せな毎日をすごしておりました。できあがった絵を持っていくと、先生が少しだけ何か言ってくださる。その言葉がまた、身に沁みてきましたな、なんでもそうでしょうが、こちとらに学びたいという姿勢があると、先生の言葉が心に響いてくる、教え方がいいとか悪いとかいう問題もあるでしょうが、学ぼうとする側にむしろ問題があるんだとおもいますよ……。

そうしたある日、先生も碁が好きということがわかりました。そして、家にこないかと言われまして参上しました。まあその晩は、今考えても不思議なことですが、あたしが黒をもちまして、四盤つづけて一目わたしが勝ちました。後でわかったのですが、この先生は自分が負けたら、なかなか帰らせてくれないことでした。そんなふうですから最初の手合いで、四盤ともに一目勝ちという（偶然の）不思議さをどう思われたでしょうな、今のわたしだったら、「この野郎はそうとう強いんだな、わざと一目勝ちにコントロールするなんて、ふつうではできることではない」と思うところです。じゃあそのころのわたしの実力はどの程度だったのか、今ふりかえると、六級くらいだったでしょうかね、井の中の蛙で、そのころはまあ碁についてよくもまあ生意気なことを言ったもんだなと思います。

先生は決して「待った」をされなかった。これはたいしたものでした。あまりにひどいとき「待ちましょうか」と持ちかけると、馬鹿なことというな、とひどく怒られましたからな。まあいろいろありましたが碁の強い人には聞かせられない話です。

先生には、格好の碁仇がありました、銀行の支店長でいい人らしかったんですが、弟が「先生が『笠碁』になっちゃった」と言った時の相手はどうもこの人です。「もう金輪際おまえとは碁を打たない」という話になったんですな。先生の欠点は、潔癖でまがったことは絶対にきらいなことでした。どっちが待ったをしたのか、それともよほど何か気にいらないことがあったんでしょうなぁ……。

「待った」なし

また、話が変わりますが、ＮＨＫに小野悦子さんというディレクターがありました。この方は、そのころ「連想ゲーム」とか、「日曜喫茶室」なんかを担当していましたが、その前は邦楽とか、落語なんどを長く担当していたと見えてその方面の知人も多かったですねェ。

まじめな女性で、よく本を読んでて、落語に興味があるような方には思えないんですが、その小野悦子さんと落語の話をするのは、おもしろかったですな。話にでてくる師匠のほとんどを、生身の人間として知ってる上での話ですからな、その小野さんが、いちばん好きだったのは『笠碁』だと言います。芝居や映画ではなく、一人の高座なのに、「芝居の舞台のように情景が目に見えてくるからふしぎです」などと言ってましたな。本当にそうで、碁仇が喧嘩になって二度とお前と碁は打たない、と言っていたのに、雨の日など寂しくてしょうがない。さりとて、意地でも謝れない、心のうちとは別に、体の方がご隠居の家の前をうろうろする。隠居のほうからは、家の前を行ったり来たりしてる相手が見えてるてぇ情景などは、本当に、芝居の舞台のように鮮やかにうかびます。

えー、弟が「勝見先生が『笠碁』になっちゃったらしいよ」というのはこの『笠碁』のことで、三遊亭小圓朝師匠の一席を活字にした本があります。(『古典落語　金馬・小圓朝集』ちくま文庫)

腕も、それから偉そうなことを言うところからみてもあたしみたいな隠居がでてきまして、出入りの職人をつかまえていいます。

お前さんがたが碁を打つのはいいが、待ったアなんかやってんだろう、と言うと、「ええ、のべつやってます」というから、

「それがよくない、今度やるんなら待ったなしということでやってみなさい、待ったがないてぇことになると、お互いに十分に考える。それで、少しずつ強くなろうてぇもんだ」

「どうだい、今日はねえ待ったなしてぇ事でやろうてぇが、どうだい」

おっしゃるとおりてんで、碁がはじまりますな。

碁仇ってぇものはおかしなもので……その仇とする相手に勝ったのでなくっちゃぁおもしろくない。相手より強い人をやっつけたら、もっとうれしそうなものですが、これがだめなのでして、その仇をまかさなきゃァおもしろくない。これがマア、へボのへボ碁たる所でございます。

プロは黙って打ちますな。……勝っても自慢しないし、まけたら悔しいだろうけど、顔にはださない。マイケル・レドモンド九段という方がありますが「負けたとき、その原因は相手というより、むしろ自分の中にある」といいました。なーるほどそうでしょうな。そう考えるくらいでないとプロにはなれません。

わたしどもへボはそうはいきませんな、「俺が負けたのは、あいつが、たったの一手を待ってくれなかったからだ」と考えますからな。へボでも紳士的に打つ人もあるのでしょうが、わたしなんぞは、紳士的なんて全く関係ないんでして、べらべらしゃべりながら打つ。「えー、おまえ、この石をとろうってぇのか、え？　とれるものならとってみろ」なんかいいましてな。口で相手をおどかします。「えーここに打つと、こう来る、するとこう打つ、すると相手は、こうくるから、するとこう打つ、うん、これでよし」などとつぶやいたりしましてな……相手がこう来る、なんてぇところは、全くあてにゃあなりません、人の心ん中を勝手に解釈してるんですからな。こりゃぁ危ない、碁じゃなくったってよくあることですよ。「この絵を描いた人はこれこう考えてのことだ」なんて……一人合点で批評する人がありますが、人の心の中がわかるんなら、まったく世話はありません。

ただしプロはちがうらしいですな。こう打てば相手がどうくるか、全くわからないわけじゃあない、応答の手は三つのうちどれか、くらいまでは考えられる。つまりプロはお互いに相手の考えることは分かった上で戦ってるんだから苦しいと思います。あたしなんざ、かりにトイレに立って帰ってきたようなときなどは「おめえ、どこか動かしちゃあいねえだろうな」などと、嫌味を言ってから続けるんで、かりに動かされていてもわかりゃあしませんから。ええ、……そんなにしてわいわい言いながら打たなきゃぁおもしろくないんでして……。

えー……「弱きを助け強きをくじく」なんてぇことをもうしますが、あたしなんぞの碁はその真反対でしてな。自分より相手の方が弱いとわかると、相手を徹底的にばかにして、まあ昔の軍隊の上官が下のものをいじめるような。まあそのう……威張るんですな……それがおもしろいんだから、碁の本来のおもしろさとは違います。そのかわり、相手の方が強いとわかると、もう態度物腰がまったく変わります。それはぺこぺこして意気地がないんですな。……えー……まだ覚えたての初心者にたいしては、本当は親切にしなきゃあいけないんですが、なにしろ、わたしが覚えたのが、へぼばかりの中でしたから、「碁をやりませんか」などと言うと、とんでもない「碁を教えてくださいませんかと言え」なんか言って威張るんです。自分だって人に教える柄じゃあないんですが、それでも、まだ知らない人とやるときは「お前なんぞ、碁をやるなんてぇ口をきくな」「え？　じゃあ打つといやあいいんですか」「なーにを言ってるんだ、お前な、打つとか並べるなんてぇのは、有段者のいうことだ、おまえなんぞはな、石を運ぶと言え。いいか運ぶだけだ、打つってぇのはなにか、考えがあってそこへ石を置くんだ。お前なんざぁ、ほとんど豆まきじゃあねえか」とか何とか言って威張りちらしますな。それならやらないかと言うと、下手なくせに教えたくってしょうがない。それに、そういって威張ってる人間でも、プロから見ると、全く、何の考えもなく運んでいるようにしか見えないらしいんで……おそろしいもんですな。

ともかく、あたしどもが碁をやるときは、「な、待ったなしだぜ」と断ってはじめます。待ったなんてしないのは、いかにも当たり前のことなんで、そういう約束をしてはじめるってぇことがそもそもおかしい……。

「えー、落語の円楽師匠が碁のすきな連中で碁の会をつくってまして、その名前はマッタクラブてんで」とか聞いたことがありますが、落語家ってぇのはいいですな。マッタクラブなんかほんとにいい名前です。

どこかの週刊誌が企画して、木山捷平（小説家）さんが、坂田栄男(えいお)本因坊と対局する機会をつくってもらったんだそうですな。「五目置いて、二回待ったあり」というルールだったんだそうで、このときの経験談を当の木山捷平さんが書いてます。作品社というところが出している、『囲碁』というエッセイのアンソロジーに入っていますんで、興味のある方はお読みになるといいと思いますが、幸いあたしは、お元気だった頃の木山先生と一度やったことがあるんで……それでことのほかおもしろかったのでございます。

ところで、その「二回待ったあり」という話を加藤正夫九段に話しましたら、そりゃあ勝てないよ、というんです。「待った」というのはそのくらいきびしいものらしいですな。相手が専門家となると、あたしどもが五回や六回待ったをしたって勝てるものではありません。その木山捷平さんは亡くなりましたが、今頃になって、あの方のエッセイや詩がよく読まれるようになりました。世間てぇものは、つらいですな。生きているうちに読んでくれればいいのに、死んでから人気が出たりするんですから、ままならないもんです。

笠碁

ところで『笠碁』の話ですが、碁をはじめるとすぐに、隠居がぼやきます。

「なるほど、お……こりゃァ弱ったなァ、まずいところへ打たれたねェこりゃァ……こりゃァ困ったなァ、その一目でコッチの連絡がみんな切れちまう……こりゃだめだ」

……………

「いまあなたは待ったなしだとお決めになったんで……」

てことんなります。ここんところはおもしろくって人ごとじゃあないんですが、かいつまんでいうてぇと、

「だからさァ、なにも強って待ってくれとは言わねえんだ。けれども、待ってくれたらいいだろう、てぇ話をしてるんだ。え？　どうだい、これ待てないかい？」

押し問答のすえ、とうとう隠居がいいはじめますな。

「けれども、人間てぇものァ、そういうもんじゃあないだろうと思うねェ、あたしゃこんなこと言いたかないんだ、言いたかないけれども言いたくなるだろう、ねえ、そうじゃないか、……そりゃ今はお前さんねえ、ずいぶん出世もして、お金もできて、結構な身の上になってるだろう、今はだよ、ずいぶん困ったこともあるはずだ、なあ、そうじゃァないか……お前さんが来りゃァほかにゃァ用はない、なんの用だってェばお金の用だ、ねえ。『今日はすみませんがいくら貸してください、今日はいくら貸して下さい』てんだ、のべつまくなしだ。その度にあたしが厭な顔をしたかい？　しないねえ、あたしは、あァしませんよ。しまいにはこっちもなれッこになっちゃって『今日は』てんでお前さんの声がすりゃあ、また来たなと思うから、お金をちゃんとここへ置いて用意してあたしゃ待ってたくらいだ（碁盤をちらと見て相手に視線を戻す）……どうだい、これ待てねえかい」

「……弱ったなあどうも……じゃあこういうことにいたしましょう、これをこわしましょう、ね？　こわして、で、新規にやりなおしてぇことにいたしましょう」

「なんだい？　こわして？　やり直す。新規に？（中略）……よしましょう、よしゃあいいんだ、こういうことをやるから互いによくないんだ、（中略）第一あたしゃこういうことをやっちゃあいられないんだ、忙しいんだ……あたしゃ……帰っとくれ」

「へ？」

「帰っとくれよ」

「それじゃァあなた、座が白けます」

さあ、えらいことになりました。待ったなしときめたのはご隠居さんですからな……、

「（中略）え？　そりゃあなるほどあなたに世話になったよ、金も借りたよ、世話になったし、金も借りたとおもうから、あッしゃあ大掃除の手伝いに何遍来てると思うんだ。なに言ってやんでえ、そのたびにお前さんが、蕎麦一杯食わしたか、しみったれ。（中略）こっちのほうがよっぽど忙しいんだ、へぼたあなんだ。待ったなしと決めといて、待ってくれッてこんなへぼがあるかい」

もう来るな、死んだってここの敷居はまたがねえという、たいへんな騒ぎになります。

これで、本当に絶交なら、話はここで終わりますが、先にも書きましたように、碁仇ってぇものはおかしなもので……その仇とする相手に勝ったのでなくっちゃあ意味がない。喧嘩するのもいいが別れるに別れられない意味が残りますな。だから、よし

ゃあいいのに、相手の家の前をうろうろするようになります。どういうきっかけで、又碁を打つようになるか、これもおもしろいところですが、書かずにおきましょう。

で、ここまでは落語の『笠碁』だから、いわば舞台の上のことですが、先に書きました、弟が言うところの「勝見先生が『笠碁』になっちゃったらしいよ」というのは舞台じゃなくて事実なんだからおだやかではありません。その相手というのは、先生の家の近所にすんでおられた方でわたしも一度お目にかかったことがあります。さあどっちがいけないいんだろうなと考えてみても、思い当たらないほど、どちらもいい人なんですけどねェ。

『笠碁』の一件は、勝見謙信先生が正雀に移り住んでおられた頃のはなしで、わたしが最期にお目にかかったのも正雀のお宅でした。そのころはわたしも強くなっていまして、先生は足踏みですから、六目くらい置いていただかないと勝負になりません。先生はそのころ、前立腺だとかで、健康もすぐれない。しかし碁を打つときは端座しておられましたな。そこへくると、外国から帰ったばかりの時差があって、あたしゃあもう座ってられないほど疲れて、いまふりかえると、ずいぶん行儀のわるい打ち方だったなと反省しますが、根がヘボですから、たとえ先生が病気でも皆殺しにしたくなります。先生もその名の通り勝つまでは許してくれません。だからわたしもそりゃあ無理をして打ってました。無理をしていいことはないんで、本当の戦争でも「戦線が伸びきる」なんてぇのがそうなんですな。そのとき、自分から手を詰めて追い落としにはまりました。このくらい恥ずかしい負け方はないんですが、先生はそのとき、「ばーかにしやがって！」と奇声を発せられましたな。その奇声が今でも耳に残ってまして、このことは以前何かに書きました。「恩師を語る」というようなテーマだったと思いますが、その碁が先生との最後の碁になり、その夜は先生の家で明かして失礼しました。

五十八歳

昨年（二〇〇四年）の暮れ、十二月三十日のこと、私たちがサミーのおばさんと呼んでる人から電話がありました。「加藤ちゃんが死んだの、知らなかったでしょう」といって、電話が切れました。サミーのおかみさんは加藤正夫がまだ中学生のころから、子どものように見てきた人だから、まるで自分の子を亡くしたように悲しんだんです。脳梗塞だったと、日本棋院の人も知らせてくれました。ついその一週間ほど前、豪腕の結城九段と打って中押しに下したばかりだったから、そんな急死など誰も思っていなかったんです。

一月二十一日に日本棋院でお別れ会がありましたが、それはたくさんの参列者で盛大なお別れ会でした。もうすぐ五十八歳でした。人間は誰でもかならず死ぬ、これはわかりきったことですが、あの加藤さんが突然亡くなるとは思いませんでしたな……。

先に書いたNHKの小野悦子さんも五十八歳だったんです。以前ガンが見つかり、それは手術によって治療されたことがありましたが、成功して血色も戻り、職場に復帰されて、ともかく小康を保っていました。それが去年の暮れから、ぱったりと仕事に来られなくなりました。同僚もくわしいことは知らず「検査入院らしいですよ」と言っていました。病気で入院されたらしい、ということになると、あまり詮議立てするのも、また見舞いに伺うというのもむつかしいことで、ただ手をこまねいているほかありませんでしたが。

ところがある日、ご本人から手紙が届いたのです。

それは彼女の死亡通知がきた翌日でした。

その手紙を、このようなところに開示するのはためらわれますが、あの人の堂々とした生き方は、のちのわたしたちに対して、尊い教訓になるという意味から、きっと許してくれるのではないかと思い、（わたしに対する感謝の言葉の部分は省き）その要点をかかげます。人生の終わりの極限の地点にたって書いた手紙なのに、文字が凛として乱れず、その言葉のはしはしにも、この方の信念をくみ取ることができました。「（前略）ですから主治医も『子宮体ガンの再発は考えられない、二つ目のガンではないか』ということでした。

十二月初めのＣＴスキャンの画像で。肝臓に複数のガンが発見されました。

その後、肝臓の生検（肝臓の組織をとり出し、どんなガンかを見ること）と他の検査の結果、一月二十二日に『腺ガン（膵臓原発の肝転移）』という診断が出ました。

この腺ガンというのは一般的なガンで、できる場所によって胃ガンとか肺ガンとかいわれるものだそうです。とにかく元気のよいガンで、十二月の検査の段階でも、二週間後にはガンの数が増えているという状態で、余命三ヶ月〜四ヶ月ということでした。（もっともお医者さまは実際より短かめに言うそうですが……）と同時に「播種性血管内凝固症候群」の合併症が出て（これは血液が固まり血小板が消費されて出血すると止まらない状態）一月二十四日に入院ということになりました。

いつも先生（これはわたしのこと）とおはなししているように、きんさんの百七歳も私の五十八歳も寿命ということです。

（中略）

私は四人兄弟の長女で、父の大病もあり栃木の高校を卒業後、一般職としてNHKに入局、夜学を卒業（居眠りばかりして真面目な生徒ではありませんでした）放送製作の方に担務変更を致しました。

ディレクターとしての専門教育を学ぶことなく現場に出たものですから、自分の価値観だけで番組を作ってきたのですが『これでいいのだろうか？』という不安がいつもありました。」

そんな中で、いろいろ力づけてくださった、とお礼など、ああそれから、「紀伊國屋寄席」へもらった切符で行ったことなどが書かれていました。

「自分には過ぎた人生だったと思います。

安野先生、ありがとうございました。

一月二十八日　　小野悦子

（お先に行って何かおもしろいもの、探しときますね。）

なお、勝手ながら　医学のお役に立てばと病理解剖を申し出ましたので、身内だけの密葬とさせていただきます。」

ああ、病理解剖だって……。何も競争してたわけじゃないけど、負けたという感じがしました。

わたしは、遠くにいる旅行のため日程が合わず、葬儀に出られませんでした。

小野さんの共通の知人である池内紀さんも、全く心服しておりまして、惜しいことをした、われわれになすすべもなかったと、その冥福をいのりました。

NHKの人の話によると、残された小野さんの机には塵一つ残っていなかったということでした。

新橋

ちょっと話をもどして『黄金餅』の道筋は銀座から、新橋までさしかかったことにしましょう。

昔『黄金街道』（講談社）という本を描いた頃には、朝日新聞社がまだ有楽町にあって、それが築地に引っ越すという話だけありました。今では築地にちゃんと新社屋ができています。そしてそのすぐ前に、これも新しくなった国立がんセンターがあり、目の前は築地の魚市場です、この市場も引っ越すという話があって、反対運動もおこってます。

この国立がんセンターは、あれは本当にいい病院です。あそこで診てもらうものは、(病院の研究所としての性質上)まず、どこかの病院の紹介状がなくてはいけないことになってます。これは有名料亭の「一見さんお断り」とは違って、医療の連携をはかる意味が大きい。だから市中病院と連絡を密にしてガン医療の研究システムを一本化し、病気のデーターを確実に集めておこうという方針からきてるのではないかと思います。

あとで知ったのですが、ガンといっても人によってまちまちで、その病状や治療の方針や経過が、一回の診察ですべてつかめるというようなものではないらしいですな。

だからここで、診察を受ける人は、まず初診の申込書を書く。受付にいけばその書類を記入するデスクが用意されてます。午前中が多いのでしょうが、わたしの見る限り、そのデスクが空いているということがない。つまりいつ見ても書類を作っている人があります。がんセンターにも患者の収容人員の限度がありますから、入ってくる人と同じ数ほど出て行く人もある計算になりますな。治って出て行く人もあろうし、不幸にして治らないまま出て行く人もあるでしょう。これはそこの「受付」という断面で切り取った、人生の通過門の一こまですが、こういう門は受付に限りませんで、校門という断面もあれば、駅も産院も、式場も、およそ人生のいたるところに、通過門が用意されているという理屈になります。

一時期は、一日に二百人から三百人くらいの初診者がつめかけたといいますが、最近では、各地に国立がんセンターができまして、いわば患者さんが分散されるようになり、いまでは七、八十人くらいに減ったということです。

築地を一つとってみてもこうです。全国には山ほどの病院があり、それぞれ治療にあたっているのですから、患者の数はびっくりするほど多いことになります。わたしは、全く気がつきませんでしたねえ。

「煙草が引き金になる種類の肺ガンがある」ことが解ってるんですから、やめればよさそうなものですが、「そのために寿命が一年や二年縮まってもいいから禁煙はしない」という人がいます。昔の話ですが名古屋医大のガンの先生と話してまして、テレビの撮影が終わると、とたんに一服つけるんですから「先生は言うこととちがいますな」というと、頭をかきながら、どうもこればかりは、とおっしゃっていました。

石綿の微粉が肺に吸い込まれて肺ガンになるケースもずいぶん前から指摘されてい

ました。いまになって問題になっていますが、いつも後手にまわるのが実情です。

ぶちまけた話が、ガンだの心臓だの、糖尿病、前立腺、など随分そういう病気になる人がいますねぇ。本人がそうでなくても、母がそうだ、父がそうだと間接的にではありますが、ガンになった人がずいぶんあります。

そういう今日も、死亡の知らせが二つ来ました。

一人はわたしの家の近所の中古車屋の人で随分せわになった人、五十七歳。もう一人は編集者で、これは食道ガンだったてんだからきびしいですな。この人は五十四歳でまだ若い、ガンは全く人を選びません。

生活の不摂生は別ですが、いわゆる人間のありかたと病気とは関係ありません。「あんな談合ばかりくりかえすなんて、ろくな死に方はしねえな」なんて思いやすいけど、ガンは関係ありません。死ぬことと、人間の行いの善悪とは関係ない。良くも悪くもこのことは考えておきたいものですな……。

あたしの弟はやめられなかった煙草もやめました。わたしよりはよほど清貧の人生を送っていましたが、昨年胃ガンの奥さんを看病し、疲れてストレスが溜まったんだろうと思っていたのが、胃ガンでした。だいたい弟は無精で医者にかかるのが嫌いだったんです。前橋にいたんですが、そこのいいお医者さんに巡り会いました。手術してもらい、少し食べられるようになりました。手術のあと転移を防ぐために抗ガン剤を使うのですが、このごろは歩きながらでもできる点滴があって便利になったらしいですね。たまに、東京へも出てきたりしてました。何かおいしいものを食べさせてやりたいと思っても、何でも食べるというわけにはいかなかったのです。

弟は、奥さんをなくした後でしたから、おっくうで家事ができないため、よく田舎の安い温泉に療養に行ってました。携帯電話にかけると「今、山の温泉にいる、体のためにいい」と言ってました。わたしは風呂が嫌いでしたが、その後温泉の感じがわかるようになりました。温泉に入るとよく眠れますので、それだけでもいいような気がして、機会があれば「湯ノ花」かなんか入浴剤を入れた風呂に入るようにしていますが、さあ効きますかねえ。

かれこれ一月前のある日曜日に、ふと気が向いて、見舞いに行こうと、体の中の虫が思ったんですな。で、かまわず電車にのりました。彼のマンションへ行くのははじめてだったんです。前橋についてタクシーにのって、携帯で連絡しながら家までたどりつきました。子どもたちも近所にいますが、その日は彼が一人らしかったので、駅前で何かおいしいものを買って行こうとしたんですが、あのあたりには駅弁しかないんです。でも、わたしもなにか食べなきゃあなりませんから、とにかく駅弁を買っていきました。彼はその弁当の三分の一くらい食べてくれました。もっとすごいご馳走がしたかったのに、店が無かったし、彼も実際には食べられなかったんです。

顔色もあんまりよくはありませんでした。でもぼそぼそと、親父のことなどいろんな話をしました。

わたしたちの親父は七十二歳で死にました。脳軟化症で弱りはて、最後の三年間は寝たきりでした。それに比べれば弟はまだ、自分で動けます。母は九十三歳でした。親の命についていろいろ話してみましたが、彼はしっかり覚悟を決めていました。

この七十二歳というのは、はからずもわたしたちの人生の目安になっていました。「七十二まで生きればもういい」という意味です。

司馬遼太郎さんが亡くなったのが七十二歳でしたから、それで、ため息とともに七十二という数字を大切に思っていました。

で、七十二歳で亡くなった人をしらべてみました。山田風太郎の『人間臨終図巻』（徳間書店）。『年齢の本』（平凡社）などを参考にしました。

・孔子（前551―479）
・阿倍仲麻呂（698―770）
・西行（1118―1190）

ねがはくは花のしたにて春死なむそのきさらぎの望月のころ

という歌が残っています。二月十六日だったけど、今の暦だと三月三十日になるのだそうです。

・榎本武揚（1836―1908）

・田中正造（1841―1913）胃ガン

むかしの人、つまり、近代医学以前なのに、この方たちは長命です。

・ユトリロ（1883―1955）

アルコール中毒であるばかりか、小説にもないほどの数奇な生涯をおくり、レジョンドヌール勲章をもらい、モンマルトルの墓地に眠っている。

・佐藤春夫（1892―1964）心筋梗塞

・リンドバーグ（1902―1974）

・棟方志功（1903―1975）肝臓ガン

・ジャン・ギャバン（1904―1976）心臓発作

・ジョン・ウエイン（1907―1979）肺ガン

・ウインパー（1840―1911）『アルプス登攀記』で、知られているが、本業は画家。

・司馬遼太郎（1923—1996）

以下略。

漱石は四十九歳でした。鷗外は六十歳でした。命のことでいつも思うのは青木繁（画家）が二十九歳で夭折していること、一葉の命の短さなどだけど、それを言いだしたらきりがありません。

「人間は誰でも、いつか必ず死ぬし、生まれた瞬間から死に向かって進んでいる」確かにそうなんですが、でもこの言い方は、人聞きが悪いようですな。だから、あたしはそう思ってますけど、あまり口にしないほうがいいと人から言われました。

そういえば、あの日、NHK出版で出した『ついきのうのこと』という思い出ばなしの絵本をお土産にしました。これには弟と暮らした子どものころのことがたくさん描いてありましたからな、彼はベッドに寝たままでしたが、「絵を見ただけで全部わかる」と言ってました。貯金奨励のことや、遭難事件のことなどもみんな覚えていてくれました。その日が抗ガン剤最後の日で翌日、病院へいって診察してもらうんだと言っておりました。

トイレに行くのがやっとで、いわばベッドに寝たっきりでした。帰ろうとするわたしを「玄関まで送っていく、それが運動なんだから」と言うのを、いいから寝てろと言って、バイバイと手をふって帰ってきました。

その翌日、彼は病院へ行きました。抗ガン剤から放免されるのかと思ってましたら、「即日入院」てぇことになったと電話がきました。子どもから聞くと、「本人には知らせなかったけど、肺に転移してた」というのです。胃ガンが肺に転移すると、胃ガンの性格をもったまま肺に現れるといいます。どこに転移しても、元の性格そのままで転移するのだそうです。

たまたま、獣医の竹田津実というキタキツネの研究などをやっている人が東京にきていましたので、「動物にも成人病なんてありますか」と聞いてみたんですよ、竹田津さんは、言下に「野生の動物には心臓病や、ガンや、糖尿などはありません。なぜか、彼等は天寿を全うしないからです。犬や猫は、人が飼うと天寿を全うさせようとします。ときに動物園の動物も天寿を全うさせようとします。すると、どうしても成人病はさけられません。哺乳類の動物は、人間の成人病のすべてをもっています」

あたしゃあこの説明を聞いて納得しましたね。成人病とはよく付けた名前じゃぁありませんか。どんな人でも、成人になれば（年をとれば）、かならずこの病気が待っているてぇわけです。

その後、肺にたまった水を抜いてもらったとき、もう一度見舞いに行きました。話はできましたがもう表情が変わっていましたな。それが最後で、五月二十四日、わたしよりも先に逝きました。

先に書いた『ついきのうのこと』という絵本を、お棺に入れたいと子どもたちがいうので、そうしてもらいました。

残された子どもたちと、親の命についていろいろ話してみましたが、しっかりしていました。もう立派な大人になっていましたから、弟もまあ幸せな最期でした。で、その子どもたちに聞かせたい話があります。

尊厳死　テリー・シャイボさんの場合

およそ、(二〇〇五年の)三月十九か二十日頃でしたな、テレビで見ただけなので、どこの誰が何時というはっきりしたことが言えませんが、アメリカの四十五歳くらいの女性が、生命維持装置をつけて、長く植物状態で生きていました。

植物状態という言い方には問題があるかもしれませんが、いまのところそういう言い方が通用しています。つまり、呼吸をしてはいるが、自分の力では動けないし、自分の考えを人に伝えることもできない。当人は、深く眠っているのと同じで、多分夢さえも見ていないんじゃあないか、これはわたしの想像です。それでも生きているか、あるいは、生かされているのは、生命維持装置といってパイプで血液や栄養を送り込むなどの方法（医療行為）によって、命だけは保たれているからです。ここんところを、ほかにたとえようがないから、植物の生き方にたとえて植物人間という縮めた言い方がされてるってぇわけです。

・心、頭、脳のはたらき、ただし、自分の意思、自分の考え。

というものと……、

・体、おおざっぱに言って、口から栄養を補給し（消化器関係）、鼻から息をして（呼吸器関係）、血液を新しくしては、体の中を循環させて、体のいろんな部分を、日々新しくしている（循環器関係）。

人間を、このような心と体の二つに分けて、そのどちらかが欠けても人間とは言えない。と考えたとき、他人が本人の「心」と関係なく、「体」に関与していいのか？という問題がおこります。

そんなことは、昔はありませんでした。しかし医学が進歩して、生命維持装置とでもいうものができたことから難問が生まれた、ということになりそうですな……。

忘れないうちに言います……。こうして生きていることの意味、言い換えれば「尊厳死」の問題について、名前は忘れましたが、あるお医者さんが「医者の使命は、人の命を、一分でも一秒でも延ばすことにある」と言っていました。たしかにそう言いたくなるだろうな、でも、あたしゃあ皮肉屋だから……「じゃあただでやれるか」と言いそうになりました。

あたしの考えでは、医者と医学とは、似ているようで違うと思います。

「医学の目的は人の命を、一分でも一秒でも延ばすことにある」と言ってもいい。ところが、医者は（医学にくらべて）人間である他はないのです。よく言われる「医療ミス」は、決してゆるされることではありませんが、それが起こってしまったとき、「医者も人間だしなぁ」と思うことがあります。

話はもどります。「本人の希望もあって」とことわってありましたが、この患者の生命維持装置を外してはいけないのかと考えた人がありました。しかし勝手にそれはできないので、その地方の裁判所の判事の判定を待って外し、そうして「生命の尊厳」を守ろうとしました。

ところが、これに大反対の人々もあって、プラカードを書いてデモをし「判事を殺せ」とまで言う運動も展開され、判事は自分の信念に間違いはないと沈痛な面持ちで語った、という……。

これが、テレビで見たことのあらましでした……。ところが二〇〇五年三月二十二日付けの朝日新聞に「州知事の訴えも却下」という記事が載りました。こんどは文字で書かれているので、テレビで見たことのうろ覚えではなく、わたしの受け取り方も、落ち着いたものになりました。

この「テレビで見たこと」と「文字で読んだ情報」との違いを考えるために、ここまで書いたことも消さないことにします。

新聞によれば、それはアメリカ、フロリダ州のできごとで、植物状態の女の人はテリー・シャイボといい四十一歳だとあります。

尊厳死（生命維持装置を外すこと）を求めたのは、この人の夫の、マイケルさんという人で、この州の裁判所（判事？）は、「尊厳死を阻止し、テリーさんの身柄を保護したい」という、フロリダ州の知事ジェブ・ブッシュ（大統領の実弟）の申し立てをしりぞけ、連邦最高裁は「テリーさんへの栄養補給の再開を求める」両親の訴えも受け付けなかった。

妊娠中絶を「殺人」とみなす、宗教右派の人々も尊厳死に強く反対し（阻止し）ていた。

ブッシュ知事が「テリーさんが植物状態だというのは誤診の疑いがある」と考えていること、だから、「行政権限で身柄の拘束を検討しているという」見方についても、……裁判官は「植物状態ではないことを示す証拠は十分ではない」と考え、州当局がテリーさんに近づくことを禁じた。

後日、二〇〇五年三月三十一日の新聞は、生命維持装置をはずしたのち、テリー・シャイボさんが、なくなったことを報道した。

別の話ですが、

三月二十六日の朝日新聞に、「生命を優先させた判決」という社説が載りました。これは日本のできごとで……。

「七年前、川崎市の病院で亡くなった男性に対する医師の行為が問題になりました。この患者はぜんそくで、呼吸が一時とまった状態で病院にはこばれた。呼吸は戻ったが意識は回復せぬまま二週間がすぎた。女性の医師は家族を集め、呼吸を助ける管をはずした。患者が苦しがるので、筋弛緩剤を投与し、患者は窒息死した。」

あたしゃあ弟のことを考えます。彼は胃ガンが肺に転移し呼吸困難になったので、酸素を補給してもらって呼吸をつづけていました。「しかしそれもやがてもっと困難になろうから、気管切開をして人工的に空気を送り込むときが来るかも知れない、そのときは断ろうと思う」と子どもたちが言っていました。気管切開などという方法があることを、わたしは知りませんでした。つまり呼吸が困難になってくると、本人は苦しむわけです。その苦しみを見ているのが辛いから気管切開をすることになるのではないか、これは苦しみと引き換えに命を延ばすだけで、それで治る見込みはないだろうと、素人は思います。こういう場合、担当医はさぞ困るでしょうな、しかしそれは弟の場合で……。

（川崎市の場合）家族は管をはずすと、死ぬ可能性があることを知らされていなかった。同僚の医師は、まだ回復を待って治療を続けるべきだったたと証言したってんです。

患者の意識がないときは、本人が生前に残した書面などによる、意思をさぐる。もし、患者の真意をおしはかることができない場合は、命を救うことを優先しなければならない。川崎の病院では終末期の患者の治療については、その判断は一人ではせず、一回で決めないという規則を作ったといいます。

わたしは、尊厳死協会（無理に命を延ばす医療はしないでほしい、痛みだけをとって楽に死なせてほしいという願いの協会）というものに入っていますが、それは「本人が、生前に残した書面」に当るだろうと信じています。死を迎える考え方は人によってちがうでしょうが、わたしは回復の見込みがないのに生き長らえ、あるいは回復しても、後遺症が残るのはごめんです。第一残した家族にそんな迷惑はかけたくない。もしもわたしが、先に書いた川崎市の例のように、二週間も意識を失っていて、呼吸が苦しくなったら筋弛緩剤を投与してもらいたいですナ。

ついでに書きます、

・無理に命を延ばす医療はしないでほしい、痛みだけをとってほしい、といっている「尊厳死協会」に対して、

・「なんとしてでも生命をのばしたいと願う人たち」が、生前に「延命協会」を作って、その会員であることを意思表示しておいてくれれば、

尊厳死という、もっとも自然に即した願いの協会をわざわざ作る必要はないはずだと思います。

川崎市の医師の罪は「殺人罪」ということでした。なんという不思議な罪名なんでしょう。

また別の話です。

「ある著名な歌手が、借金やその他生きていけないほどの悩みを抱えて自殺した。ところが現代の救命システムが、かれの一命を助けた。激しい後遺症が残り、彼は自分が有名歌手であったことすら覚えていないと聞いた。女性問題はどうなったか知らない

が、借金を返す手だてはあるまい、これは想像だが、医学の善意は彼に、いわゆる生き恥をもたらしたと言う見方もできる、『週刊新潮』は、この救命に疑義をなげかけた。」

生命維持装置をつける時点で、それを外す時がくることは考えておかねばなりますまい。この装置は、回復の見込みがある場合にのみ有効なのであって、その見込みがない場合は「かえって罪作りな話」になります。

言いかえれば、自然の流れに逆らい、回復の見込みとは無関係に、とりあえず生命を維持しようとしたとき、それはとりもなおさず犯罪の種をまいたことにはならないでしょうか。

生命維持装置をつけるときは、外すときと同じように、家族の同意を得るか（いや、そのくらいではまだだめで）、当人が生前に残した死生観についての意思を探っておく必要があると思いますし、たぶんそうされているんでしょう。

それはさておき、人の生命とは裁判で争うほどに尊いものだと考えていい。ここまでは確かです。また、このシャイボさんの例からも推測できるほど、アメリカでも、どこでも人命を大切にしていることは当然ながら確かです……。

それならば、イラクやアフガニスタンにおける戦場で、病気でもない人が命を落としているとき、かの善良なアメリカ市民たちは何と考えるだろうかと、思わぬわけにはいかないではありませんか。

縁起のいい咄

むかし、文藝春秋で出された'95年版ベスト・エッセイ集『お父っつあんの冒険』の中の冨川法道（桑名市立図書館長・住職）という人の「縁起のいい咄」を読んで、あたしの長年の疑問がとけるという、うれしいことがありました。住職という肩書きがあるのに、決して縁起をかついだりするタイプの人じゃぁないことがうれしかったですな。

「（前略）私が僧籍を置く臨済宗では、この友引にこだわらず、施主の申し出があれば、友引でもお葬式を務めている。確か、斎場も友引を休日にしている所は、ほとんどないはずである。また仏滅は物滅が正しく、仏様の滅した日という意味ではない。仏滅も結婚式場は営業しているし、この日を選んで結婚したカップルが、今もなお幸せに暮しているのをわたしは知っている。逆に、大安の日を吉日と信じて結婚した多くの夫婦が、すべて幸せになっているかといえば、大いに疑問が残るところである。」

など、なーんだそうか、それならあたしも同じ考えだな、と、いろいろおもしろい咄が出てきますが、なかでも、あるお婆さんが、生前戒名を受けたいと当山を訪れた、という話がいいですな。「戒名といえば、一般には亡くなってから死者に付ける贈名（おくりな）と思われがちだが、本来は、お釈迦さまの弟子になり、戒を受けた証という意味で生前に授かるもの」だが、いろいろあって、お婆さんは、一、院号をつけてほしい。二、縁起のいい名にしてほしい、の二つの注文を出されたってんです。

「一番目の注文は、私も納得した。院号といえば、立派な肩書や高額な資産の持主に付けるものだというのが定説になっているが、このお婆さんのように、厳しい環境の中で、大変苦労し、真面目に一所懸命に生きてきた方が授かるものと受けとめてきたから、何の抵抗も感じなかった。そもそも院号とは、寺院を一ヶ寺建立できる力を得た殿さまが付けるものだったが、今日〈院号なぞめったやたらに与えるものではない。もう少し院号の持つ尊厳性を重視せねば〉と苦言を呈しながらも、希望者に対しては、莫大な料金を要求するといった現状に、本来の戒名の意義を知らぬ人の間からは、戒名無用論まで飛び出す始末。

一霊位につき、二百万円、三百万円といった法外な値段が宗派や地方によって、まかり通る現実だから、葬式坊主といったレッテルを貼られても仕方ない。

私は、これから先、戒名が益々商品化するのではなかろうかと危惧する一人である。

だから、お婆さんからは特別に戒名料など頂戴するつもりは毛頭ない。これは、お婆さんが今日まで本当に頑張ってきた精進に対する敢闘賞なのだから……。」

というわけで、第二番目の注文も、『宝積院寿得円満大姉』と、すばらしい戒名ができた、ということで、この咄は終わります。

このはなしは、実におもしろく、めでたい。よく書いてくれたという感想があります。

あたしは肉親以外の関係の無い人が、戒名を付けることに反対しません。弟には付けたくないがそれは、彼の子どもたちの考えることですな……。

ではあたしだったらどうか、というと、「戒名は絶対につけてほしくない」戒名代が惜しいというのではないのです。信徒ではないから釈迦の弟子になるつもりもないというような強がりの反対論でもありません。「あたしは無宗教だから、戒名をつけられたら困る」という、全く単純だけど、ひょっとして理解されにくいかもしれないが、『湯屋番』人間としては、かなりはっきりした理由からです。

無宗教という言い方も、人聞きは良くないそうですな、日本の風土に合わないんですかねぇ……その言い方は力んでいるように聞こえて、俗にいう「可愛げが無い」ということになるらしいです。だから、やはりあまり言わない方がいいようですな。

「だから、あなた達も戒名をつけるな」と言ってるように聞こえるとよくない、できることなら黙っておくほうがいいといいます。

ところで、この本のたわごとは、そもそも、落語の『黄金餅』にでてくる西念という坊さんを棺桶にいれた金兵衛という男が、麻布絶口釜無村の木蓮寺を目指して運んで行って、焼き場で焼いてもらうってぇはなしが軸で、この落語のまねごとも、その道筋に沿っていたつもりだったんですが、なんと、わたしの弟がさきに逝って、ほんとうの弔いをするようになろうとは思ってもいませんでした。

黒沢明の映画『生きる』という作品の中で志村喬が、夜の公園のブランコにのって、しんみりと「ゴンドラの唄」を歌う場面が話題になりましたですな……。あのころは、ガンについて、まだ成人病としての一般的な理解が少なかったように思います。今もまだ少ないですね……。

えー、「ゴンドラの唄」（吉井勇作詞、中山晋平作曲）は、今でもよく歌われています。

いのち短し　恋せよ　少女
朱き唇　褪せぬ間に
熱き血潮の　冷えぬ間に

明日の　月日はないものを

この歌の原型は、あたしが無人島へ持って行くことにきめている一冊の本、『即興詩人』（アンデルセン作・森鷗外訳・ちくま文庫）の中の「妄想」という章にあるものです。ぜひ読んで見て下さい。

『即興詩人』の主人公アントニオは、恋人アヌンチャタに失恋したと思いこんだまま旅をつづけますが、いろいろあって、やがてベニスへ渡る日が来ます。ベニスの旗を掲げて、船はアドリア海にこぎだしますが、そのとき船の中の少年が歌いはじめるのが、ベニスの民謡なんです。

鷗外は「ここに大概を意訳せんか。その辞にいわく」と次のように訳しています。

朱（あけ）の唇に触れよ
誰か汝（そなた）の明日なお在るを知らん
恋せよ、汝の心（むね）のなお若く
汝の血のなお熱き間に
白髪は死の花にして

その咲くや心の火は消え
血は氷とならんとす
来たれかの軽舸(けいか)（屋形のついたゴンドラ）の中に
二人はその蓋(おおい)の下に隠れ
窓を塞(ふさ)ぎ戸を閉じ
人の来たり覗(うかが)うことを許さざらん
少女(おとめ)よ
人は二人の恋の幸を覗はざるべし
（以下略しますが、この抜粋は旧漢字・旧かな遣いをやめ改行を増やして読みやすくしています）

白髪は死の近づいたことを知らせる花、その花が咲いたら、若かった頃の情熱もさめるときがくる……と……。

ものはついでですから、あたしの好きな李白の詩「将進酒」の頭のところを抜き書きします。

君見ずや　黄河の水　天上より来たり
奔流して　海に至り　復た回らざるを
君見ずや　高堂　明鏡白髪を悲しむを
朝は青糸の如く　暮れは雪を成す
人生の得意は　須く歓びを尽くすべし

君は知っているだろう、黄河の水は天上より来て、流れに流れ、海にでたかと思うと、もう帰ることはない。時間はこのように過ぎていってしまうのだ。高貴の人でも鏡を見て自分の白髪に驚く、朝のうちはまだ黒かったのに、夕べには雪のように白くなっているというのだ。そうだとも、だから、いまのうちに酒を酌みかわそうではないか。

ちなみに、李白は七六二年六十一歳でなくなりました。酒のためだといわれてます。思うに、『即興詩人』は、十八、九歳の頃に読むべきでした。白髪になったら、お呼びじゃあないんですからナ……。これはほんとうです、鏡を見てうろたえて、黒く染めてみる人がありますが、もうおそい。そんなことをしたらかえって変ですよ。なにもしない方がいいのですよ。

いつ何時年よりになって、ぼけてもいいように、ふだんから準備しといたほうがいいですな……。

「あたしがね、むかし田舎の小学校で先生をやってたことは知ってるだろう、ところがね、あの村には同じ姓が多い。まあ田舎はどこでも同じだがね、えーと、勝屋とか、戸倉とか松村なんかがほとんどで区別がつきにくい。そこでな、どうしても呼び捨てで、名前を呼ぶようになる。あけみ！　みちよ！

おとき！　たかお！　みやこ！　おつた！　まゆみ！　おきち！　ますじ！　こはる！　てなもんだ。ところが、この頃んなって、昔の夢をよくみるようになって、寝言で、女の子の名を呼ぶらしいんだ。え？　聞いたことはない、そりゃあよかった、この前同宿した奴が、お前ぇ寝言で女の子の名前を呼んでたぞとひやかすんでね、うん、笑っちゃったよ。教え子が、むかしの名前で出てくるんだけどね。ハハ、ハ、しょーがねえな」

これは、家のものに聞かせるための、思い出話です。え？「女払い棒」はどうしたかって？　えーと使い込んでなんだか黒光りがしてたが、どこへやっちゃったかな。

定吉、物置を見てきてくれないか。戦争中の標語に「備えあれば、憂いなし」てぇのがありましたからね。え？　「定吉はもうとっくによそで所帯をもってますよ」か、あぁそうだったたな。どうも物忘れがひどくて……。

えー、立ち居振る舞いも年寄りの練習をしておくといいですナ。階段なんか、もうおそるおそる降りまして、一段降りては両足を揃えてため息をつき、また一段降りてはため息で、平らなところでも足はかならず、すり足で、ゆっくり進みます。歩く時、杖はなくていいから、必ず手で、柱か、壁か何処かに当ててる。耳はずいぶん遠い感じで、口はポカーンと開けて、聞こえないようにぜいぜい言う。何か言うときは「ううウ、ううウ」と不明瞭にくりかえすんです。本格的にやろうと思えば、ズボンの前ボタンを二つくらいはずしましてな、目はうつろ、しかも身振りだけではだめです。心の持ち方まで、もうろくして「ううウ、すまねえなぁ……」なんか言う気分になってなきゃあ本物に見えない。すると、気の利いた店の女将さんなら「あ、どうなさいました！あ、たいへん、せんせ、お手洗いですか」などと言ってとんできますからナ。かぼそい声で「すまねえなぁ……」と口ん中で言うんです。するてぇと、ちゃーんと、抱えるようにしていっしょに歩いてくれます。これは、神田のある中華屋さんで実験済みです。

よく知っている人でも「あ、具合が悪いのかな」と思って介抱してくれます。年寄りの真似はしてみなくちゃあわかりますまいが、あれは、甘えに似た一種の快感を伴いますな。あたしゃ、やってみてはじめてわかりました。

「白髪は死の花にして、その咲くや心の火は消え、血は氷とならんとす」

なんと、いい教訓でしょう。あたしは準備のため、もっともらしい「孟子の訓」という言葉を作っています。孟子の孟は「毛」のこと、孟子の子は「歯」のことです。その二つのうち、どちらをとるかと言われたとき、孟をとるか子をとるか、つまり、名をとるか、実をとるか、という問題です。どちらにするか、胸に手ぇあてて考えてみてください。

じゃあ、あたし自身はどうするか、という話になります。笑い事じゃぁなくなってきましたな……。

以前、文藝春秋が出した『私の死亡記事』という本があるのです。

『私の死亡記事』文藝春秋

文藝春秋社のおもしろい企画として、「新聞に掲載される自分の死亡記事」を想定し、いわば自己申告として書かないかという話がありまして、こいつはおもしろいと思ったんですな。ところが、こうした原稿を依頼したら、怒り出す方もあったといいますな、そうですかねぇ、怒るほどのことではないと思いますがねぇ。あたしの場合は「慣れぬことなので、たまたま新聞社に教え子がいるので書いてもらった。と、次の通りだった」というぐあいに（実際には自分で）書いたんですけどね。

「『安野光雅氏（あんの・みつまさ、画家）〇日〇時〇分、老衰による心不全のため庭瀬康二クリニックで死去、八十＋X歳。葬儀・告別式は〇日正午より、三ヶ月間、インターネット・ホームページ〇〇〇上に於いて施行、したがって供花、弔慰等、金品はすべて辞退。喪主は長男雅一郎氏』

インターネット葬儀の式次第は、（友人代表の弔文、喪主挨拶などを掲載。Eメールによる弔電、氏名記帳あいうえお順整理。ただし匿名は掲載を辞退する。期間をすぎると葬儀は終わる。お薦めしたい）という内容。

これでは、あまりにも簡単すぎないか、と聞いたら『ふつうはそんなものだ、ただ死生観について書けるので少しならふやせる』と言った。」

死生観といっても、尊厳死協会に入っていて、死の尊厳を守った。という程度で格別のことではない。続けて、

「氏はNHKの『わが心の旅・カザルスの海へ』に出演するほどのファンだった。ただしカザルスが八十歳のとき、二十歳の愛弟子マルチータに結婚を申し込んだことだけは納得できない、といい『それは単なる嫉妬ではないか』、とかわされて絶句した。」

と、書いてます。以上の内容に若干の注釈を加えます。

・インターネット葬儀は、湯屋番的な思いつきですが、実際にやってやれないことではない。そのソフトを書くのが面倒だが、もしできれば利用する人があるかもしれないので、このアイデアは面白いと言われましたが、インターネットを利用して葬儀をするというシステムが実際にあることを後で知りました。ただしこれは、もっとまじめなもので、実際の葬儀の中継が入るなどして、しかるべき費用がかかります。

・庭瀬康二先生はそのころ流山市にお住まいだった医者で『ガン病棟のカルテ』（新潮社）という著書があります。今から二十年前の本で、ガンに対する先駆的な考えが

述べられています。わたしは腰の捻挫で一度診ていただいただけでしたが、池内紀（ドイツ文学）さんは、先生の顔を見ただけで病気が治った、などと言っていたのに、二〇〇二年に惜しくも亡くなりました。

・『カザルスの海へ』では、カザルスに関係のあった土地へはみんな行きました。後で、マルチータの故郷のプエルトリコもたずねました。カザルスもこの地へ家を持っていたことがあります。

さて、「八十歳の老人が二十歳の女性に結婚の申し込みをし、しかも実際に結婚していいか」という言い方は「単なるやきもちではないか」と言われますけどね。なーにを言ってるんですか。ただの二十じゃありませんよ、弟子入りしてからまだ、二年もたってませんよ、それにマルチータは大変な美人ですよ、カザルスは八十歳で、肌なんかまるできれいじゃありませんよ。

この、言い方（やきもち？）と、カザルスの音楽やその生き方、に対するあたしの尊敬の念はちっとも変わりはないことを改めてことわっておかねばなりませんが……、それはともかく、マルチータのご両親ほか家族の方はなんと思われたでしょうな。なにしろ、カザルスはマルチータのご両親よりも三十歳ばかり年上なんですからね、カザルスにしてみれば、結婚しなくちゃあ、自分の手元に引き留めて置くことができなかったのか、養女ではだめなのか、などと聞いてみたくなります。

このあたりの事は、自伝のかたちをとった本の中に次のように書かれてます。

「一九五五年の夏の終わりに、マルティータは私のもとで勉強しだしてから一年以上たっていたが、私はツェルマットで行うマスター・コースのための出発の準備をしていた。そのとき突然、私が彼女と別れ別れになることをひどく恐れていることに思い当った。私は彼女にいった。

『君、君はプラードで一人ぽっちになるんだね。ぼくだってツェルマットで淋しくなるよ。君がいないなんて考えられないな』。彼女も、私たちが離ればなれになることは耐えられないと言った。彼女はツェルマットに同行して、私がクラスで行った講義のノートをとってくれた。あのとき初めて彼女を愛していることに気付いたのだ……。

その後、私たちは結婚について語った。彼女に言った。『このことは十分慎重に考えてくれたまえ。ぼくは老人、君の一生をだめにしてしまうようなことはこれっぽっちもしたくない。でも、ぼくは君を愛している。それに君が必要でもある。君も同じように考えるなら、結婚をしてくれないだろうか』。彼女は、私のいない生活は考えられないと言った。」

（『パブロ・カザルス喜びと悲しみ』アルバート・E・カーン編、吉田秀和・郷司敬吾訳　新潮社刊、朝日新聞社からも出ている）

計算すると、このときパブロ・カザルスは八十歳。マルチータは計算してみると二十歳だった。他の本で読むと、いろんな人の反対を押し切っての結婚であることが推察できます。が、カザルスが九十六歳で亡くなるまで、マルチータは守護天使として献身的な介護をしました。

もし、そんなにもマルチータを愛しているのなら、なおのこと、（ほとんど拒否できないほどの尊敬の念に埋まっていたであろう）若きマルチータにプロポーズすることはよくないではないか、と思いました。

しかし、これが嫉妬によるものでないという証明は残念ながらできません。嫉妬するには、カザルスがあまりにも偉大だし、マルチータもすばらしい。それによって、なんの不利も受けちゃあいない者が、他人のことをとやかく言うことを名付けて「法界悋気（ほうかいりんき）」っていうんだと鶴見俊輔さんから言われました。

なるほどそうです。辞書に載ってました。時間的にも空間的にも何の関係もない、いわば小説の中と言ってもいいほどの人たちに対して、もっともらしい意見を述べて

もそれは「法界悋気」ということンなりますかな……。

この本でもはじめの方で自尊心を説いて「いいさ、あの子さえ幸せになれるンなら、あたしなんざあどうなったっていいんだ」ってなことを書きましたからな、しかも自分の心の淵の底の底を覗いてみると、カザルスに対する、嫉妬に似た影が見えるような気がしてくるのには、まったく参りましたな。

ところで誰知らぬものもない、あのニューヨーク国連本部での演奏会は一九七一年十月二十四日、カザルスが九十四歳のときのことでした。最後にカザルスは、カタロニアの鳥はピースピースと言って啼くのですと前置きして、あの『鳥の歌』を演奏しました。

それはのちに感動的な映像として全世界に報道され、CDにもなっています。そこには涙を拭く人の姿が見えました。(ケネディ大統領が暗殺されたのは、一九六三年十一月二十二日のことでした。)

わたしの「法界悋気」はここにおいて崩壊するのであります。

しかし、この見解が嫉妬によるものじゃぁないと証明ができるチャンスがたった一度だけあります。それを過ぎるともう証明なんかできません。

どうか、わたしが八十歳になるのを待って試してもらいたい。そして二十歳の若い娘さんに、あたしに対してプロポーズさせてもらいたい。

「それは単なる嫉妬ではないか」と軽く言った友は、囮(おとり)の美女をつれてきて、全くの芝居でいいから、試してもらいたい。あたしは、そのとき、「あなたには未来がある。ぼくは老人、君の一生をだめにしてしまうようなことはこれっぽっちもしたくないのだ」といってみせます。

　そのチャンスはほとんど秒読みの段階にきていますからナ。

いや、それはもうどうでもいい、あたしゃもう法界悋気はやめた。みんないいようにやってくれ……。

　書かなかったけれど、『昆虫記』のあのアンリ・ファーブルは六十三歳のとき、二十三歳の人と再婚した。それもどうでもいい。わたしの好きな人がみんなそういうことになるのは、わたしにとって何の励みにもならないが、法界悋気から撤退するのはそのためじゃあないんです。

　八十九歳で他界（二〇〇五年七月八日）された串田孫一さんの追悼文を書けと言われた（「ちくま」）のがもとで、やはり八十九歳で亡くなったフェルディナンド・レセップス（一八〇五〜一八九四）のことを読んでしまった（『人間臨終図巻』）からです。彼はスエズ運河の開設者、フランスの外交官で、エジプトのフランス領事として在任中に、スエズ運河建設の構想を固め、利害関係にまつわる苦難の末、一八六九年に完成させ、十一月十七日に運河の開通式が行われた。彼はそのとき六十四歳でした。

そこまでならよくあることですけどね、彼は開通式の数日後に、二十一歳のルイス・プラガールと再婚しました。そんなことは、わがカザルスを知るものは、少しも驚きませんが、レセップスは後に男の子と女の子を六人ずつ十二人の子どもをもうけたというのです。

こうなると、もう、法界悋気の圏外ですな。あたしごときが、やきもちと勘違いされるようなことを言ってる場合ではありますすまい。

時間はとっとと過ぎていきます。

論語（二二一）のつぎの言葉が、いまわたしの心に、しみじみと伝わってきます（『論語』宮崎市定、岩波現代文庫）。

子、川の上にありて曰く、逝くものは斯の如きかな、昼夜を舎かず。

あとがき

先日、鉢植えで一鉢五百円のオランダ苺を見つけて買ってきました。以前苗を買って植えてみたことはありますが、そのとき収穫した苺は、苗の値段で買える分量とほとんど同じでした。栽培の手間だけつまらないなどと、功利的なことを考えましたが、鉢植えを買ったときは私も成長していて、別の感慨がありました。

わたしが生まれてはじめて出会ったオランダ苺はやはり鉢植えで、父の盆栽棚にのっておりました。オランダ苺という名前を覚えたのもそのときです。大きい実はしだいに赤くなり、これまで全くしらなかった、いい匂いがするようになりました。父さんが、食べていいよと言われたときのことも忘れません。五個のそれを、わたしと弟の二人で、それぞれの体格に合わせた公平な分け方にしたように思います。

苺の盛りが過ぎる頃、苺の根もとから匍匐枝ともランナーともいう、枝が数本のびてきます。枝は太陽と土を手探りして、ようやく場所を見つけ、そこに根を下ろそうとします。

そこからストロウベリーという名前が出たのか、匍匐枝は、パイプ状になっていて、先端の枝が根づくまで、そのパイプを通して親株から栄養を送りつづけるのですが、うまく根付いたらパイプは枯れ、栄養を送ることができなくなります。子の株から逆に親株へ仕送りをするなんてぇことはできません。無情ないい方ですが、そこで関係は途絶えるのです。

驚くなかれ、大自然の営みはそのようになっているのでした。キツネもライオンも、自然の生き物はそうして前向きに生きて行きます。竹田津さんによると、キタキツネは、昨日まで体を張って守り抜き、あんなに愛してきた自分の子を、ある日突然、咬みついたり吠えたりして、追い出すんだそうですな。子ギツネはなぜ咬まれるのかわからないから悲しい、彼は泣いて出て行くしかない、それが大自然の子別れなんです。

わたしは、キツネやオランダ苺から人間の生き方を学びました。新しく出て行った苺の株も、新しい実をつけ終わると、やはり親になって同じように太陽を求めるランナーをのばすのです。

苺のランナーのそのまた子の孫の……と考えるうち、未来の子どものことに思い至り、負債を未来に託そうとする大人の責任を感じないわけにはいきません。

この本を、書きはじめたころはのんきなものでした。運動のために歩こう、そうして絶口坂のあたりまで行って見ようと思っていたのですが、西念よりも事実のほうが先になり、およそ一年の間に、人の命について考えさせられることが、いろいろとおこってしまいました。

「苦労が絶えませんねぇ」という編集者（この本を書かせてしまった人）中川美智子さんの言葉は本当でした。

論語の言葉をもう一度、書いてみます。

子、川の上(ほとり)にありて曰く、逝くものは斯の如きかな、昼夜を舍(お)かず。

そこで、「空想亭の苦労咄」という書名にするといいかな、などと考えました。

安野光雅

＊註＊

二〇〇四年七月十四日の夜、病院で書いた日記があります。

「テレビでおもしろい番組を見た。（東京では4チャンネル）夜九時『ザ！ 世界仰天ニュース』というもので、子どもが突然いなくなったと思ったら、玩具をつかみ出す例のゲーム機の中に入っていたとか、イタリアの村で銀行が開店され、預金者は小切手を発行したが、なんとそれは架空の偽銀行で、たくさんの人が金を盗られた、というような話がつづいていた。

イギリス人のドロシーはマイアミで結婚式を挙げることになり、母に付き添われて飛行機に乗ったが、しばらくして母が突然狭心症の発作で苦しみはじめた。機中のことなので困り果てたスチュワーデスが、『お客様の中に医者の方がありましたら至急に申し出てください』としきりにアナウンスした。ところが、十五人もの医者が乗っていて、しかも心臓の専門医ばかりだった。大勢で応急処置をされ、マイアミの救急病院で、一命をとりとめたという、珍しくいい話だった。

さる五日（二〇〇四年七月）、わたしも胸が、経験したことのない痛みにおそわれたので（『安野光雅のいかれたカバン』（世界文化社）のあとがきに書いたのはこのときのこと）その翌日に予定されていた会合のキャンセルを申しでたら、平尾隆弘という旧友が、『アンノさんは胸が痛いので欠席すると言ってる』と澤地久枝さんに耳打ちした。澤地久枝さんは心臓に詳しい経験者だったから、ピンときて、その翌日『すぐに医者にいくこと、半蔵門循環器クリニックに予約を入れる』とファクスがきた。他にも病院へ行くことをすすめるものもあったが、痛みは治まっていたので、のんきに構えていたが、澤地先輩のファクスは説得力があった。教えてもらったとおり、六日に半蔵門クリニックへ向かい、加瀬川均先生に心電図で診ていただき『狭心症と診断され』たので、直ちに榊原記念病院の精密検査の予約をしてもらい、薬もいただいて忠実に飲み、あらゆる予約をキャンセルして安静にしていた。十二日に至急入院するように言われ、その日に入り、十三日に更に検査をし、十四日に家族に対する懇切な説明をいただいた上で、十五日に治療を決行する事に決まった。しばらくぶりに家族といろんな話をする時間が持てた。

この間、加瀬川、親友富山良雄、その友人の小船井良夫、担当の桃原、荷見の諸先生のほかともかく大勢のお言葉をいただくことができ、安心して桃原先生たちの治療を受けることができることになった。はじめての入院だった、本も持ちこんだが、意外に読めない。安心して何も考えることはないようにできていた。たとえば薬をのむこと、食事をすることなど、みんな予定通りにはこび、自動的に、あたかも時計の針が進むように、治療の時間を迎えることになる。実は今日がその日、あと四、五時間でわたしは治療室にはいる。

その前夜の七月十四日、パリ祭の夜、室内のテレビで、前に書いたテレビを見たのである。

みなさんのおかげでカテーテルによる、不安定狭心症の、経皮的冠動脈形成術という治療が成功するはずである。成功しなかったら、この原稿はだれの目にもふれないだろうから……。」

というようなことがあって、榊原記念病院の桃原哲也、荷見映理子先生の二人の手で、カテーテル手術が行われ、無事終わり。その後いまも検査に通っています。

この手術は思ったよりもずいぶんと楽なものでした。その後半年ばかり過ぎてこの治療が一段落し、その経過を見るためのレントゲン撮影の折、肺に影があると、言われたのです。

それで、二〇〇五年二月末頃、こんどは急遽、がんセンターへ行くことになりました。

国立がんセンターは紹介状がなければ受診できません。これはいわゆるコネクションということではなく、医師の間での連携プレーとでもいう意味なのだろうと思います。

はじめ、土屋了介先生を紹介していただきましたが、先生は外科専門であるため、隣室の山本昇先生の診察を受けるように言われました。以後山本先生を主治医（中心に）とし、角美奈子先生、伊藤芳紀先生、放射線専門の先生がた、採血、胸部撮影など、お名前があげられないほどたくさんの先生にすべてをお任せして、お世話になることになりました。

患部の細胞をとるために、気管支にカテーテルを入れます。痛くはありませんでしたが、かなり難しい技術らしく、このときはうまくサンプルがとれなかったため、背中から直接針を刺して患部に命中させ細胞をとりだして、顕微鏡で検査し、ガンの生態が確定されました。ガンと一口にいっても、そのあり方はいろいろあることを知りました。たとえば、肺ガンだけとってみても、二百もの種類があるのだそうです。

放射線治療は三十回の照射でした。感じのいい先生たちばかりでした。無事通院を終え、歯医者に通うよりも楽でした。

つまり、この治療がわたしの場合は実に的確に効いてくれて、レントゲン写真の中に、はじめは直径四センチメートルあまりも見えていた病巣がほとんど見えなくなったのです。レントゲン写真は平面ですから、わたしは平面的な解釈しかしなかったのですが、病巣は立体ですから、三次元的に考えなくてはいけないのでした。

放射線の治療がおわると、月一回の定期検診に移行します。素人の目で、レントゲンの中の病巣が見えなくなったとしても、専門の医者の立場からは、「完治した」とは考えないものなのだそうです。言われてみて、なるほどそうだ、とわかりました。「風邪をひいたが、完全によくなった」ということはありますが、同じ病気でも成人病というものは違う、病気に対する考え方の上でも違わなければならない、と思うようになりました。巷間言われるところの、「これこれの薬で、医者が見放したガンが完治した」というような宣伝は、警戒してうけとらねばなりません。

この間、家族のもの、友人知己のいろいろな配慮をいただき、民間薬、サプリメントなどの示唆もいただきました。

文藝春秋の勝尾聡がいうに「社会保険中央総合病院の副院長をやってる、瀬田克孝先生はボート部の大先輩で、ついこの前もあったばかりなので、（あたしのことを）相談したら、いつでもきてくれ」と言われたというので、話を伺いに行き診察もしてもらいました。「ガンの治療については諸説紛々で、迷う人が多いが、国立がんセンターは実に学究的にやってるところだから、先ずそこへいきなさい。いわば正面攻撃です。それがいちばんいい」と言ってくださいました。そのころ評判になっていた温熱療法、免疫療法などもありますが、やはり、国立がんセンターの研究が一番信頼がおけるから、ということでした。『昭和史』（平凡社）がベストセラーになっている半藤一利さんもボート部で、優勝経験があること、（東大ボート部歴史上空前絶後の快挙で、いまなお、昨日のことのように覚えているらしい）といいましたら、「半藤とは同級で、あのときぼくも同じボートにのっていた」ということでした。余談になりましたが、若いときの思い出を一生温めていける人生ってうらやましいです。

また、友人の医者の富山良雄は、遠くに住んでいるのですが、もと聖路加病院の医者であるため、たびたび電話や手紙をくれ、なにかと力になってはげましてくれました。

入院中、がんセンターの垣添忠生先生も声をかけてくださいました。窓から築地市場の活況が見えます。

「入院してる人も、あの市場を見て元気をもらうんです」と言われた言葉が心に残っています。

同級生の後藤孝も医者で岩国にいます、彼もときどき電話をくれます。長崎の黒崎勇という医者の先生から何度も励ましのことばをもらいました。

そのころ産経新聞の論説委員長だった、吉田信行については、この本の前の方に、産経新聞の台湾支局長をしていた頃のことを書いていますが、その彼が夜の十時頃だったのに、私をたずね、自分の肺ガンの経験を語ってくれました。彼は肺ガンが見つかり、まず抗ガン剤でそれを小さくしておいて、切除し、放射線で治療したというのです。角美奈子先生にお世話になったと言っていました。今では元通り元気で、全く病気の気配さえなく、人は仮病だったのではないかと言うそうです。

『癌細胞はこう語った——私伝・吉田富三』その他を書いた吉田直哉さんが入院なさっていた頃、一方ではお孫さんが生まれるという、つまり奥様は二つの病院の間を往復されていました。

彼は食道ガンで一月以上も集中治療室にはいっていたのですから、これはむりかな？　と密かに思っていたのですが、生来彼はピンチに強く、困ったときでも決してうろたえない人間でした。そのころ元気だった司馬遼太郎さんが、はげましの手紙を何度もだしたそうですが、司馬さんは先に亡くなり、当人はすっかり元気になり、生まれたお孫さんがたしか十歳以上の計算です。本人は退院してからもう何冊も本を書いています。一時は声が出なかったのですが、ＮＨＫの「日曜喫茶室」でしゃべったことが、声が出るようになる実例を示した結果になり、大きい反響がありました。全国には声を失った方もずいぶんおられるのだと思いました。

朝日新聞社が目の前なので、山本、山田、森、中村、村井などの人たちが昼ご飯のときに来て、いろんな情報をくれました。

また、お目にかかったことはないのですが、私の友人の、そのまた友人の大阪教育大学の秋岡美帆先生（美術）から「ともかく切除しないで放射線による治療中だが、これでいいと思う」といろいろ経験談を聞かせてくださったことも励みになりました。

また、病院で偶然に何度も会った、川村二郎（元・朝日新聞）とその奥様、また岩城宏之（音楽）とは、互いに病気なのにいつも笑って話ができて、また出会わないかなと、たのしみにしています。

わたしは、あまり勉強していませんが、いろんなケースがあること、うまく治る人もあるし、まさしく成人病として人生を全うする人もある、いろいろだと思います。手術してから、十年以上生きている人もあるし、二年もたたぬうちに最後を迎える人もあります。

「ガン」と一口に言っても、ほんとうにいろいろあることがわかりました。それが人生というものでしょう。達観するほかありません。

以前、「がんを宣告された人たちがモンブランに登る」というニュースを読んだことがあります。さる医者はそれを批判して「自殺行為だ」と書いていましたが、とんでもない、わたしは、なんという快挙なんだろう、と思いました。

わたしも、絵を描きに行きたいと思います。

成人病になった人は、それによって、やっと自分の人生が見えてきたのです。

残りの人生を有意義に送りたいものです。

本書は二〇〇六年三月、筑摩書房より刊行された。

ちくま文庫

空想亭の苦労咄——「自伝」のようなもの

二〇二一年十月十日　第一刷発行

著　者　安野光雅（あんの・みつまさ）

発行者　喜入冬子

発行所　株式会社　筑摩書房
東京都台東区蔵前二—五—三　〒一一一—八七五五
電話番号　〇三—五六八七—二六〇一（代表）

装幀者　安野光雅

印刷所　明和印刷株式会社

製本所　株式会社積信堂

ISBN978-4-480-43763-1 C0195